所謂愛情，
只不過是
獨占與反叛

苦苓
著

序 對於愛情，我們還能有什麼期待？

不論古今中外，愛情原本都是被人嚮往、謳歌的，即使犧牲奉獻，也在所不惜，所以有羅密歐與茱麗葉，有梁山伯與祝英台——當然比較幸運的，也有楊過與小龍女。換句話說，愛情是即使犧牲每個人最重視的生命，都值得去維護的，因此從紅樓夢到張愛玲到瓊瑤甚至金庸……都在不斷地告訴我們，愛情是人生最寶貴的、最值得追求的。

但是時代變了，愛情變得很容易、甚至很廉價，以前的人可能要魚雁往返（就是互相寫信啦！我們以前叫交筆友）好幾個月，才有第一次見面的機會，然後約會、聊天、一起活動、互相了解……直到肌膚之親、發生親密的關係，可能已經是一兩年之後了。

可是現在的人呢，只要手機搖一搖，找到一樣「有需要」的對象，就可以把這些漫長、循序漸進而且充滿樂趣的過程全部省略，直接達到最後目標——這裡面有沒有愛情、或事後能不能發展出愛情，我不敢說，但是省略了相親相愛的「談戀愛」過程，還是令人悵然若失。

而且現在的愛情，也變得世俗、功利多了。以前我們愛一個人，考慮的就是他（她）好不好、他（她）對我好不好；現在甚至還沒正式交往，就在計算對方有沒有房子、一個月賺多少錢、要不要跟對方父母同住……與其說是談戀愛，不如說是「做生意」，實在是非常煞風景。

而且愛情裡，最可貴的不就是「忠誠」嗎？如今好像也不太在意了，你可以感情重疊，我也可以三心兩意，搶別人的伴侶算什麼，跟別人共用配偶也無所謂，「在愛情裡，輸的人才是小三」這種耍流氓的話都出來了，讓人真不知道今時今日，愛情還有什麼值得追求跟珍惜的？

所以我寫了《所謂愛情，只不過是獨占與反叛》這本極短篇小說，裡面說的都是這個時代各種光怪陸離、不可思議、違反傳統愛情定義的故事。但凡對愛情還有一點憧憬跟期待的人，一定會覺得我「編」得太離譜了，但是我要老實的告訴你：這一篇篇雖然都是小說，但也都是眞實故事，有些甚至是取材於報紙上的社會新聞。

換句話說，人類的愛情眞的變了，眞的跟以前不同了，如果你還要它，你必須學著適應它。

爲了避免讀者諸君受到太大衝擊，甚至因爲對當代愛情感到失望而卻步不前，我也首開先例的在每一篇小說後面，加上「苦苓說」的解說與評論，讓大家了解何以致此、又如何避免悲劇重演，做一個小小的「療癒」，也讓我們可以堅持相信愛情的美好，而且持續不斷地追求。

眞的，愛情的果子太甜美了，吃再多苦頭來摘取，都是值得的。

目錄

男人切忌自以為男神

女人就怕愛到卡慘死

比較鬧熱
愛情眾樂樂

關於愛的千百種樣態

男人切忌「自以為男神」

1 兩種爸爸

在酒店被叫「葛格」沒什麼，每個小姐都可能這樣叫你，尤其是撒嬌要你開酒或加檯的，但要被叫「把拔」就不容易了——畢竟你得養一個人，才能被他（她）叫爸爸，而一整個酒店幾百人都叫他「戴把拔」，不由得讓我心生敬畏。

「我看這酒店金碧輝煌的柱子，至少有一條是你奉獻的。」我虧著戴哥，他正張大了嘴巴讓小姐餵葡萄。

「唉，我出來混了四、五十年，大部分生意都在這裡談的，這算是必要成本啦。」他做的是土地仲介，據說極有手段：有一位原先說打死不賣的「田僑仔」地主，他就天天到人家家去喝茶，喝了整整三個月，對方竟然點頭同意賣了，他當然也因此大撈一筆。

但錢都拿去當「爸爸」了，三十歲結婚，太太爲他生了兩個小孩，就受不了他每天在酒店、舞廳、理容KTV混日子，丟下小孩就走了。他也很厲害，獨自把兩個小孩帶大，書讀得很好，出路也都不錯……原來這種爸爸他也會當，不過我看他的主要興趣還是當小姐們的爸爸。

每次跟我們這些兄弟聚餐，他一定會帶一個小姐來，如果沒帶來也會一直打電話，打到有小姐來了，他好像才吃得下似的。像這些「八大」的小姐他帶人家吃晚餐，事後當然就要帶人家進場，如果又「框」起來一直到帶出場，這個花費是好幾萬跑不掉的。但連在一般餐廳或咖啡廳，也會有些看來較「資深」的小姐過來招呼、喊「戴把拔」好，可見得他眞的是下過重本，基礎打得扎實。

像現在包廂裡鶯鶯燕燕來來去去，都是來和戴爸爸寒暄的，我偷問他，你不會叫這麼多檯吧？他說當然沒有，這些都是認識的老朋友，打打招呼而已。大家都知道他每次只「框」一位，其他蜻蜓點水來的，想算檯費他也OK，反正人人都說「戴把拔」最好了，他樂得呵呵笑。

我問他爲什麼不正經交往一個，要在這種地方虛情假意？他說錯了，眞正交往辛苦又麻煩，這種花錢的是你情我願，而且他通常會「包」一個小姐，從入場到出場也不跟她做什麼，吃吃稀飯聊聊天就散了，大約要包到三個月之後才會跟她做S[1]，因爲覺得這女孩那麼久沒碰別人，「相較之下」比較乾淨，一個又一個爸爸就是這樣當上的。

也許是爸爸做累了，六十多歲他又和一名「前」小姐在一起，又生了兩個小孩，也因爲受不了他的「花」而一走了之，於是他又要獨力帶兩個孩子。

「你看我眞是老歹命，學校老師都以爲我是阿公帶孫子來。」他一邊抱怨著，一邊把一杯二十五年的威士忌一飲而盡。

我笑笑，拍拍他的肩膀，「沒問題啦，你不管做哪一種爸爸，都是很成功的。」

1：S為SEX之縮寫，意指性行為。

苦苓說

很多女人無法理解：男人為什麼總愛去那些風月場所？為了滿足色欲嗎？其實不是，如果只為了性需求，直接叫一個應召女或援交的不就行了？幹嘛花一個晚上又喝酒又吃菜、又唱歌又跳舞、又玩吹牛又玩比大小……還不見得能帶一個小姐出場。而帶出場都是逛逛街、吃吃消夜，真要做「那件事」的話，那再來議價……花這麼多錢為了什麼？為了有「戀愛」的感覺。

別以為只有女人喜歡戀愛，男人更喜歡，而且是一面倒被服侍、被諂媚、被百依百順、絕不會受一點氣的戀愛，這種戀愛唯一的成本只有「錢」，難怪他們流連忘返。

當然，「床頭金盡」之日，就只好摸摸鼻子，退而求其次，去卡拉OK店、越南小吃店、甚至「阿公店」了——這下不會再有人叫爸爸了，放心。

2 捉姦之夜

世界上沒有比這更衰的工作了——幫人捉姦。

甚至它連工作都不是，工作還有酬勞、還有樂趣、甚至成就感，而被老呂拜託來抓他老婆的姦，純屬我交友不慎、愛貪小便宜（常被他請喝酒）導致的悲慘結局。

我也推了很久推不掉，我說你既然已經請了徵信社的人，到時候再找個警察幫忙破門而入就好了，何必找我這個尷尬角色（他老婆我也認識）來參一腳。結果徵信社找的管區警察不肯來，因爲他們派出所上次有人幫忙捉姦，破門而入後被告「毀損」、「侵入住宅」，還出了好幾次庭，最後雖然只是被處罰金，但已經覺得夠衰了，反而互告的雙方都撤回告訴，結果那個案子只有警察有事。

我說那這樣你們要怎麼捉？徵信社說我跟蹤他們到MOTEL，我們就租下隔壁房間，監聽他們的動靜，等到早上他們去吃早餐回來，我們就可以乘機進門，拿走床單和垃圾桶證物，不但不會被告，而且告定他們了。

那好呀！那還要我幹嘛？

「哎呀，我出的錢少，徵信社只肯派一個人，警察又不來，你就當作我的親友，壯一壯聲勢嘛！」老呂苦苦哀求，「至少我們人比他們多，一對一，還剩一個可以乘虛而入，拜託啦……改天再請你喝酒！」

我可不是爲了有酒喝才答應的，既然朋友有難，當然應該拔刀相助，但我事先聲明：只旁觀，不動手。

沒想到最主要卻是「旁聽」，MOTEL的小屋都是木板隔間，隔壁動靜聽得清清楚楚，開電視聲、淋浴聲、沖馬桶聲、電視換音樂聲，然後兩個人開始大小聲，那眞是激情嘿咻，淋漓盡致。不但各種喊叫、哀號、求饒、乞憐紛紛出籠，而且是高八度，又再高八度的，什麼「快！快！快」「就是這裡，這裡……」「受不了，受不了了」「來了，來了，來了」「我不行了，不行……」一場又一場用聽的A片就在房間上演中。

徵信社的大概聽慣了，只一支又一支的抽著菸，老呂的臉則一下紅一下綠，額頭上青筋暴脹，兩眼發出兇光，我眞擔心他會高血壓心臟病發作，現在才凌晨，我們得等到七、八點吃早餐時才能行動，在這之前只希望隔壁能早點結束大戰，大家圖個清靜。

「馬的！在家裡一聲不吭，跟死魚一樣，跟別人……」老呂嘴裡叨念著。

我也不好問他，更不好勸他，只祈禱隔壁的淫聲豔語早點結束……結果兩個人精力超強，來了一次又一次，中間幾乎都只有短暫休息，可能是時間寶貴捨不得睡吧！「春宵一刻値千金」沒錯，但春宵一夜吵死人也是眞的……

終於熬到天亮了，老呂忽然站起來說：「走吧！不抓了！」

「爲什麼？」我和徵信社異口同聲，好不容易才撐到現在說。

老呂嘆了一口氣：「有人可以讓她爽成這樣，也難怪她……不抓了！回去離婚，我成全她。」

哇咧——

苦苓說

對男人而言，「戴綠帽」是最「是可忍，孰不可忍」的事了，所以一般男人雖不會像老婆那樣明查暗訪、明察秋毫，但若得知對方姦情，鐵定也是怒火中燒，恨不得血流七步的。

而隨著現代女性越發獨立、堅強，女性外遇的比例也在急起直追，對不習慣向別人哭訴、求援的男人來說，還真得認真思考「萬一」事發了，自己要如何是好？盛怒之餘，有沒有也檢討一下自己的「不足」之處。

如果別人給得起的你給不起；如果她能從別處得到的在你這兒沒有，那是否應該破釜沉舟、認賠殺出？有一句話可堪告慰：「放她自由，也是放自己自由。」

3 師姐感恩

「我實在受不了這個老婆了。」老丁邊開車邊說。

我閉嘴聽他繼續講。

「去參加那個會不要緊，花上百萬當董事也不要緊……」我知道他們夫妻倆各有營生，財力都頗雄厚，「竟然跟我說師父叫她節欲，要少做那種事，」黃燈，猛一個煞車，我轉頭看他，「但因爲我是她丈夫，所以如果我要做，她是不會拒絕的……」

「那就好啦，人家又沒有說不做。」我勸慰著。

「問題是做就對了？一點反應也沒有，像條死魚也就算了，事後竟然還爬起來，跪在床上跟我說：感恩啊，師兄。」

我差點笑岔了氣，實在很難想像那個畫面，那應該足以消滅所有男人的性欲吧！我慶幸自己每天回家至少還可以看到花枝招展的老婆，而不是深灰色旗袍制服的「師姐」。

「所以你……理所當然，到大陸去發展囉？」

「也不是這麼說，」老丁重新開動車子，眼睛看著很遠的前方，「我在臺灣好歹也算有頭有臉的人，我老婆雖然不會去抓我，但若不小心鬧開了也很難看……」

有臺灣海峽隔著就安全多了，而且聽說大陸的女孩子眼裡只有錢，很容易上手，「好吃又不黏牙」。

「你別以為大陸女生只愛錢，」好像猜中我心裡在想什麼，「像我和幾個朋友第一次去雲南，在當地請了一個女導遊，嘩！又高又白、身材又好，簡直是Dream come true！可是人家十分敬業，什麼大理國、什麼麗江古城，講得頭頭是道，跟我們吃飯喝酒也中規中矩，一點也不亂來。」

「想亂來的是你吧？」我揶揄他，「後來呢？」

「後來行程結束，我們小費當然沒少給，我看她掛了一個玉珮很漂亮，隨口一問，沒想到她竟然拿下來送給我，說是她媽媽留下來的傳家之寶，不值多少錢，就是跟我結個緣，有個念什麼的。」

「有個念想對不對？」我倒是滿驚訝的。

「對啊，而且她眼眶還濕濕的，真情流露呢！」

不用說，老丁又去了好幾趟雲南，都是一個人去，也都是同一個人陪，和這位導遊的戀情火熱發展，原本出手就大方的老丁更是一擲千金，甚至還打算幫她在昆明買一套房子。直到有一天要一起出門，老丁到她住的地方要接她。

她在浴室還沒準備好，就叫老丁在外面先等一下。老丁進了她臥室，一時好奇，竟翻起她的東西來，打開一個五斗櫃，其中一個抽屜，放得滿滿的都是玉珮，和老丁一直帶在身上的、那個她媽媽留下來的傳家之寶一模一樣……老丁驚呆了，調頭就走。

「馬的！還好房子還沒交給她，算是唯一的安慰。」老丁恨恨地說著，把車停入了酒店的停車場。

苦苓說

「性」始終是愛情的一個重要環節，而婚姻裡隨著日久的厭倦、生活的磨礪、瑣碎的衝突等等，總會越來越淡，到後來維持婚姻的，很可能是責任、道義和習慣了，至於愛情的成分還有多少，實在很難評估，或許更像親情吧！

然而另起爐灶又何嘗容易？女人以美貌先行，男人以金錢招搖，但仍然希望換來的不是虛與委蛇的應酬，而是真心付出的愛情，只是在人欲橫流、物質氾濫的今天，想得到這樣純粹的真情又談何容易？

與其抱怨得不到真心對待，不如想想自己付出的又是什麼，在男女交歡的遊戲中，「認真的就輸了」，不如就把這些都當成過眼雲煙，最後能回去的，始終還是那個為你守著的家。

4 貪杯多誤事

眞是天下沒有白吃的午餐，這次我學到了。

這個女生，比她老公小二十歲，雖然已經有一個十三歲的小孩，但正是虎狼之年吧，在卡拉OK和她認識，她就對我眉來眼去的，我反正羅漢腳[2]一個，雖然也大她十幾歲，但應該比她老公壯得多，否則她也不會藉著要和我合唱，好幾次跟我撞來碰去的。

但是我們住的是個小鎮，雖然交流道附近也開了一家摩鐵，但只要一起進去，鐵定會被人認出來、到處講的。依我看，我們倆早已兩情相願，只是苦於找不到地點。

結果她竟然說要介紹我給她老公認識！就帶我回到她家，跟她老公介紹我們是朋友，她還親自下廚燒菜，然後和她兒子一共四個人，我們一起吃飯喝酒。

她頻頻敬她老公乾杯，自己卻沒喝多少；我看她眼色，也不斷敬她老公，那男人不疑有他，喝得相當豪爽暢快，不久就趴在餐桌上醉倒，睡著了。

她站起來用手推搖老公好幾下，他都毫無反應，想必是醉死了。再看看她兒子，老早就不耐煩大人喝酒，跑去客廳看電視，也躺在沙發上睡著了——眞是天賜良機。

我們兩個立刻進了她家主臥房，三兩下脫掉衣服纏綿起來……多日以來的願望得以實現啦，兩個人都很興奮，「大戰三百回合」，最後才累的抱在一起睡著了……

忽然被大聲叫醒！原來是她老公酒醒了，進到房間反而看到我們倆一絲不掛抱在一起（看來我倆也差不多醉），立刻破口大罵，我嚇得跳起來到處找衣服穿，她倒厲害，哭著說和我沒有姦情，是喝醉了被我「撿屍」到房間性侵，她老公二話不說，抓

2：臺語，單身漢。

著我當場就打電話報警。

警察很快來了，聽到事情的經過也嘖嘖稱奇，但她和我各執一詞，她老公又是酒醉後才發現我們，似乎很難論斷，不過一般而言，女生不至於大膽到把小王帶回家，不但介紹給老公，還當著老公和小孩（雖然是睡著的）跟情夫搞起來。

兩個警察商量一下，正準備要以「妨害性自主」逮捕我，我心想這下完了，偷雞是偷到了，但損失的不是幾顆米，而是整個米倉，我正在支支吾吾問可能要關多久時，她兒子卻先開口了：

「爸爸喝醉了以後，我就在客廳裝睡，我有看到媽媽用手搖爸爸，爸爸都不動，她才牽著那個叔叔的手進房間，而且他們連門都沒關緊，我從門縫中看到那個男的脫光光，趴在媽媽身上，屁股一直動一直動……」

這下天救我也！她又羞又愧，想罵小孩又不敢開口；她老公則青筋暴脹，像仇人一樣死盯著她。

兩個警察你看我、我看你，「那就不是性侵囉！那你要告通姦嗎？」

她老公咬著牙搖搖頭，我趕緊乘亂跑了，我的媽呀！

苦苓說

臺灣的老夫少妻其實非常之多，除了外配，大部分第二次結婚的男人，也偏向於找較為單純、比自己年輕的對象——這樣固然是獲得了「嬌」妻，但無形中也忽略了兩個人的生理差距，何況女性的「性開發」一向較晚，當她興致勃勃時，若他已日暮西山，這時候就成了一個大問題，很難說她不會另外尋找滿足的途徑。

更何況由於經濟、小孩、輿論等種種原因，女方未必會輕易提出離婚，而以現代社會的開放，在外面交幾個男性朋友也是人之常情，而會「交」到什麼程度就很難講了。

以日本來說，家庭主婦整天在家，外遇比例不輸男人，對象主要是大學生（例如當家教）或業務（例如賣東西），神不知鬼不覺，就不需要像本文女主角那樣冒險了！

5 兩全其美

「我其實不想劈腿。」多年好友的R這樣對我說。「這兩個我都喜歡，但都不能滿足我。」

聽到這裡我心想，R也太貪心了，我一個都沒有，你兩個還不夠，那乾脆分一個給我不就好了？可惜女人不是財產，不能用分的。

他先結交的是C女，兩個人本來只是網友，跟眾人一起出去玩過幾次，後來他試著獨自約她，沒想到她不但欣然赴約，而且當天就「達陣」上床了。

R那時漲紅著臉跟我說：「眞是爽死了！從沒碰過這樣的。」

於是幾乎天天見面，吃了飯喝了咖啡就上賓館，但她不讓R送她回家，住哪裡也不說，更不願帶他去見家人。

「我們這樣就很好了，不是嗎？」

可是R不能滿足於雙方只以「性」相交，也希望聊得來，互相體貼、心靈交流，而C女都不跟他來這些，基本上以「打炮」爲前提，其他方面連男女朋友都算不上。R會送她小禮物，她從來不回贈；請吃飯上賓館當然是R買單，至於和其他人一起出去玩則各付各的，根本不像男女朋友，R越來越受不了，他還是想要一個Soul mate。

果然D女就出現了，溫文儒雅，細緻賢淑，可以說是男人的解語花。R說每次和她在一起，總有聊不完的話題，不知不覺都談到半夜了。而且她除了詳盡的介紹自己，也很快帶他認識家人，家人也都滿意R，看來兩個人要成婚，應該是水到渠成之事。

「那就選這個了啊，還遲疑什麼？」我心想他要是切了C女，我說不定有機會……

可是不行，D女最大的問題是：對性毫無興趣，雖然不是處女，也跟R上過床，但每次總像在受苦刑般憋著臉，別說主動了，連基本的回應都沒有。

「講姦屍太難聽，」R自嘲說，「但真的就是一尾死魚，不來勁！」

這下就有「大哥」和「小弟」的利益衝突了，R還是捨不下C女那讓他銷魂、過癮的豐美肉體；但又喜歡和D女在一起充分戀愛的感覺……而兩女各自缺乏的部分又好像是怎樣也彌補不過來的，因此他一邊嚮往著「情」，一邊又被「性」所困，總之得不到完整的愛。

他問我究竟該選哪個共度一生，我沉吟半天，覺得他最好要D女，然後由C女當小三（反正她好像也不反對），但以這種前提結婚，未免太不道德了，連我都看不下去。

於是只好繼續過著「雙面人」的生活：有時跟D女去約會、踏青、喝咖啡……情話綿綿，共築未來的美夢；有時又跟C女大戰三百回合，搞到淋漓盡致、痛快不已……

世界就是這麼不公平，有人占盡了便宜，有人卻只能眼巴巴的看著——不過我相信早晚會看到R「ㄅㄧˋㄚ坑」[3]的那一天，希望那時候我幸災樂禍的表情不會太明顯。

3：臺語，露出馬腳。

苦苓說

為什麼一個女人往往無法滿足一個男人？因為男人貪心，他想要有賢慧的太太、貼心的女友，以及放蕩的情人——少有女人能夠具備這種「三合一」的功能，甚至「二合一」都不太容易，這也就是男人總要「再找一個」的最有力藉口。

但女人何嘗又不是呢？一個男人要忠實、體貼又強壯（最好還有幽默感）更是難上加難。所以別說夫妻，即使情侶也常在這種「條件不足」的情況下「湊合」著相處，還好等到小孩一生，忙亂起來，生活重心轉移之後，就再也不奢求那些條件了，另一半只要還「看得見」就不錯了。

那麼到底有沒有「三項全能」的男女呢？當然有，既然「三鐵」選手都可以訓練出來，三項全能應該也不難做到吧？重點在你有沒有那個心。

6 金錢不萬能

「我眞不知道她想要什麼？」Jack眉頭深鎖，一口喝乾了杯子裡的威士忌，他是我唯一家財億萬的朋友，財富帶給他悠閒的生活，也帶給他煩惱。

煩惱是得不到女人的眞愛。

只要一暴露了自己的身價，女人立刻像鐵釘遇到磁鐵般被吸過來，眼裡看的卻是他的錢。眞情（假意？）的要好了一陣子，就開始遊說他投資她想開的店、要求他向她買傳銷產品、甚至希望他幫家裡還債……他當然都付得起，但就是不爽，推託幾次，這些女人就一個個消失了。

我勸他裝窮，保時捷不要開出來，這他可以接受，吃飯不去高級餐廳卻不行，MOTEL也要選最高檔的，從小富慣的人出手都不一樣，有時候給停車小弟的小費都是一張五百塊，要裝也裝不出來。

他不是小氣，如果女生討他喜歡，買個柏金包什麼的也不困難，但現在的女生似乎「野心」大得多，柏金包自己買就行了，就想抓個「金主」好一步登天。

「現在這個也一樣嗎？」我幫他斟上酒，冰塊在杯子裡滑動了一下，發出清脆的「喀拉」聲。

「這個不會，我給她看存摺，她就瞄一眼不為所動，然後就來脫我衣服……」

「那麼猛？那很合你口味啊？」我故意調侃他。

「這方面是非常Match，幾乎天天做，也不膩，可是……」

「又來要錢了？」

「沒有，但她絕口不提自己的事，只知道在做美髮，連住哪裡、什麼學校畢業都不跟我講……送她回家？只讓我送到街口；跟她去見父母？門都沒有。連我要招待她去歐洲，她也拒絕。就連在國內過夜，她也一直推託……」

「這樣呀？」我撓首沉思，「那你算什麼關係？」

「我也問過了，她居然說，就是固定性伴侶。」

我差點嗆到，「哇！志工炮友耶，簡直完美嘛！」

「可是我總希望，能有一個談心的人。」Jack這麼說，又把威士忌乾了，表情有點落寞。

「談心？另外再找呀！這個談性就好了。」

「可我覺得這樣的關係很空洞，我好像只是提供肉體服務似的，難道她什麼都不想從我這裡得到嗎？」

「她已經得到很多了，」我忍不住勸這個大公子，「不然你想跟她靈肉合一，從此過著幸福快樂的日子？」

「也不是，我只想……她如果多在乎我一點，跟我要一點什麼……」

「哈哈！被打敗了吧？告訴你金錢不是萬能的吧！」

我樂得繼續調侃他，眼前這瓶酒可能非喝完不可了。

苦苓說

有人說，有錢的男人找不到真愛，因為他不知道對方愛的究竟是他還是他的錢，但這男人卻疏忽了：女人可以真心的愛你，也同樣可以真心的愛你的錢（尤其是花你的錢！），有人幫你花錢，不是能夠增加你賺錢的動力嗎？何必在乎？

也有人說，女人要性愛合一，不能有性無愛，這恐怕是上個世紀女人的想法了。對現代女性來說，有了獨立自主的能力，想要什麼都可以靠自己去爭取、獲得，那麼有男人提供魚水之歡，「一人出一項」（臺語）有何不可？誰也不吃虧，更不用進一步談些糾纏不清的感情，純粹當床伴，就像到星巴克純粹喝咖啡一樣，有何不可？

倒是男人要趁早調整一下自己的想法，否則可能「適應不良」哦！

7 愛我就走

沒想到一個紅牌小姐會這樣失去一切。

埋怨的是總管和幹部，議論紛紛的是不以爲然的小姐，關我這個小小的酒店服務生什麼事？只是想不通那個林老師爲什麼會有那麼大魅力，讓狄娜神魂顛倒。

林老師第一次是當陪客來的，好像是市議員幫建築師向市政府喬案子吧，人太少顯得怪怪的，所以建築師就找了幾個陪客，大家都如魚得水。這年頭有人招待上酒店又無所求，簡直像中了小樂透一樣，紛紛高興的跟小姐們大玩特玩，只有狄娜陪的那一位先生動都不動。

玩吹牛也不要，唱歌沒興趣，喝酒也不會，狄娜只好陪他純聊天，我也在進進出出送水送毛巾賺小費之間，聽到他是附近某技術學院的老師。老師我們這裡也常見，眞正玩起來還不是「豬哥」得很，像林老師這種可說少之又少，或許他見識廣、閱歷多吧？講得狄娜好幾次捨不得轉檯，連「媽媽」都翻臉進來罵人了才肯走。

那之後林老師就常常來，當然是指定狄娜，但他沒那個財力把人「框」起來（就是付好幾倍的錢把小姐包起來，不許轉檯），狄娜就像蝴蝶般在各個包廂很快地飄來飄去，甚至還偷ㄎㄧㄤ議長的酒給林老師做低消，反正議長放了兩百瓶威士忌在這裡，常常有人指名（冒名？）來開他的酒，沒有人在乎。即使到了下班，有客人要帶狄娜出場，她也推說家人來或是生理期，偷偷從側門出去和林老師會合，要不是代客泊車時看到，我也不相信有這種事。

女人愛起來是不聽勸的，她自己少賺不要緊，連帶影響了幹部和店裡的業績，就不免被大家圍攻了。所以那天林老師來時，她是哭哭啼啼向他訴委屈的，他也火大了，拍著桌子罵人（也不知道該罵誰），然後就叫狄娜別做了，讓他養，這年頭餓不死人的。狄娜沒答應，也沒解釋原因：她還揹著爸爸八、九百萬的賭債，光在酒店裡就有三個死會，這些都不是一個老師解決得了的，何況說出來還可能嚇跑他……所以那晚狄娜只是一直哭一直哭……

沒想到林老師竟然翻臉罵她賤，就是沉溺在這種紙醉金迷的生活，本以爲她本性好，想幫她向上，沒想到她自甘墮落……什麼難聽的話都出來了，聽得我差點把水杯掉在地上。

狄娜倒是不哭了，站起來就走。

林老師當然也負氣離去。那晚狄娜就像瘋了一樣，每個房間都跑、碰到每個人都乾杯，不但一點都不保護自己，反而有「豁出去了」的感覺，結果酒醉回家後大吐特吐，被嘔吐物噎到窒息，搶救無效成了植物人。

現在狄娜住安養院，還請專人照顧，所有費用都是酒店裡的總管、幹部、小姐和我們服務生每個月自願掏出來的。

林老師再也沒出現過。

苦苓說

「職業不分貴賤」是一句好聽的話，但也常是一句假話，許多人心裡卻是另一種想法。

而在這中間最矛盾的就是男人了，又喜歡到這些聲色場所，享受女生們把你當成殘廢（灌你酒、餵你吃東西、幫你按摩）的樂趣，也滿足女生們裝白痴捧你（真的嗎？好棒哦！後來呢？）的虛榮，骨子裡卻又看不起這些女性，這個故事從古代演到今天，大致上都沒什麼改變。

而有些女生總是傻傻的，為了愛情就放棄一切，卻不知男生別說為了一切，就算為了他小小的虛名、死板的思想……都可以毫不猶豫地放棄愛情。

在這種風花雪月的場所，人與人的真情倒是有的；男與女的真愛，那恐怕就是奢求了。

8 老婆與老闆

「你敢告訴BOSS的話，我就跟你離婚。」

從來沒聽過一向溫柔賢淑的老婆這麼嚴厲的口氣，也難怪，自己的好朋友「離家出走」來投奔她，換了誰都要挺到底的，問題是，這個好友卻是BOSS的老婆。

「BOSS」不是外號，他眞的是我老闆，因爲是大學同學，對我算是很照顧，我們兩家也很熟，甚至偶爾還同一輛車（當然是開他的賓士五百！）出去玩，到哪裡他都搶付帳，老婆說偶爾我們也該付一些，這我也知道，但他只要一句：「你錢多還是我錢多？」我就樂得乖乖退讓了。

像他這種人生勝利組，吃香喝辣，只有「外」了才會遜掉：一個是投資自己事業以外的東西，股票期貨權證什麼的，常常輸到脫褲子；一個就是找「外」婆，讓第三者迷上失去了理智，也常會脫褲子，而且是輸定了。

在外面偷吃「失風」是早晚的事，問題在你要懺悔改過還是一意孤行。BOSS不知被哪個狐狸精迷上了，竟連「我跟她只是玩玩而已」、「我愛的還是老婆妳」這樣的「基本廢話」都不肯說，反而自認「終於找到知心的人」、「我希望和妳們兩個一起走下去」（這是老婆轉述的，叫我自己編也編不出這麼離譜的話來），想要「一馬雙鞍」，他那千金大小姐出身的老婆當然不肯，一哭二鬧之際，倒是沒有三上吊，而是三偷跑，理智得很。

而且偷跑前還趁他出差香港時，領光了夫妻兩人存摺裡所有的存款，實際數目我沒敢問，但八位數是一定有的，還開走他的愛駒，就是那輛賓士五百，現在正停在我家大樓的地下室，我的停車位上。害我只好把自己的馬三停在路邊，豈不知馬三是失竊率最高的嗎？——但這一切都是我下班時被「告知」、被「要求」的，完全沒有我提出質疑的份。

她們兩個女人倒很樂，整夜嘀嘀咕咕個沒完，一副同仇敵愾的樣子。可是明天我見了BOSS怎麼辦呢？不說，太不夠男人的義氣；說了，老婆鐵定跟我沒完。何況這件事是他不對，也許受點教訓對志得意滿的他是好的。

BOSS果然瘋了似的到處找老婆，還下令幾個親信停止上班幫忙打探，他則一下進來一下出去的，「找到沒？」「有沒有消息？」我實在忍不住想說，但一想到老婆那空前嚴峻的臉孔，又把話吞了回去，差點噎死。

後來還是大團圓了，BOSS竟然去找他的岳父岳母，跪在地上痛哭流涕的懺悔，爭取到老人家的同情，再用溫情攻勢勸女兒回家，他老婆無力抵擋，就順臺階而下回家去了，夫妻倆言歸於好，公司也恢復正常。

存摺裡的錢都存回去了，賓士五百也開回家了，一切如常。除了BOSS狠狠地跟我說：「你明天起不用來上班了。」

一場鬧劇，我成了唯一的受害者。

苦苓說

俗語說：「男人有錢，就會變壞。」雖然不見得完全正確，但男人的確常常在功成名就之後，起了向「外」發展之心。做太太的與其事後慘烈的對抗，不如事先多做些防範，蛛絲馬跡都可能是「犯罪的事證」，越早發覺越能防範未然，所謂「安內攘外」是也。

至於別人，就算是好朋友發生了這種事，最好能置身事外，口頭上仗義直言、罵罵那個臭男人倒是無妨，但若像這樣一味的庇護對方，無形中等於為自己樹立了敵人。你好心保護的人一旦反悔回了家，鐵定一五一十把你供出來，就算不是能讓你丟掉工作的上司，友情一定蕩然無存！

除非是家暴，不能見死不救，否則一般夫妻的紛爭，我們還是打著「中立」的旗子比較保險吧！

9

通姦無價

「你給我兩千萬，我以後就不理你、不管你了。」

沒想到曾大哥會相信他老婆這句話，結果損失慘重。

曾大哥在五十八歲那一年碰到中年危機，在卡拉OK小吃店認識了從越南來、二十九歲的阮小姐，兩個人立刻陷入熱戀，在摩鐵和阮小姐不知嘿咻了多少次，連避孕措施也沒做，阮小姐幫他生了一個女娃，不動聲色的去報了戶口。

結果當然被抓包！曾太太毫不客氣，一狀告到法院，自己老公被判了三個月徒刑，易科罰金，阮小姐卻堅持不知道曾先生已婚，加上曾先生也「英雄救美」維護她，又沒有別的證據證明她知情，結果被判無罪。

曾先生和我們喝酒時，說到這件事還洋洋得意，有了兩個老婆，多了一個女兒，只區區被罰點錢而已，很值得。

「但你老婆准你跟那個越南妹繼續來往嗎？」大家關心的是這個。

「當然是不准啦，但是小孩無辜，她同意我出錢負擔這個多出來女兒的生活費。」於是恢復了平靜的日子，曾先生痛改前非，曾太太也漸漸釋懷，一直到了五年後，曾先生已經六十三歲，他的兒子因爲買屋去調閱戶口謄本時，赫然發現自己又多了一個妹妹，立刻回報母親大人知悉，是可忍，孰不可忍？曾太太再度提告，而且已經三十四歲的阮小姐再也不能假裝不知情了。

曾先生一看大勢不妙，就先發制人——找曾太太談判。問題是自己前科累累、難以輕縱，後來曾太太出價兩千萬，意思是若給她兩千萬，她就不理、不管曾先生的行爲……曾先生口袋也不夠深厚，只好忍痛賣了名下的一棟房子，得款兩千萬賠給太太，心想從此太平無事。

這一次和我們喝酒時就沒有上回那麼得意了，有人虧他花了兩千萬才能贖身，他卻說花兩千萬能買到自由很值得。

「既然這樣，你幹嘛不就趁這個機會離婚呢？」這也是大家共同關心的問題，「幹嘛離婚？我這個老婆其實是很能幹、很賢慧的，現在她放我自由，我終於可以放心的享受齊人之福了！」這麼一說又高興起來了，當晚他全部買單。

但是曾太太夠狠，還是照樣告她老公，曾先生說太太已答應收了兩千萬就不理、不管，法官卻說不理、不管又沒有說不告，曾、阮兩人通姦是實，而且還是累犯，判了曾先生五個月、阮小姐三個月，當然還是可以易科罰金，但另外還要連帶賠償曾太太八十萬元。

終於有「苦酒滿杯」的時候了，這一次喝酒大家都不太敢說笑，怕讓已經六十三歲的曾先生刺激太深，我則一邊喝酒一邊竊笑。當初他給了兩千萬卻沒留下字據，早已注定今天的苦果，我之所以沒提醒他，只不過像我老婆說的——

「這種劈了腿還洋洋得意的傢伙，該給他一個教訓。」

苦苓說

欠人錢犯不犯法？要不要關？犯民法，要還錢、不要關——這就是所謂的民事犯罪，只損害個人權益而與公共利益（如偷竊、搶劫，人人都可能受害）無關的事，會以強制要求履行義務，而非剝奪自由為處分方式。

同理可證，老公偷情犯不犯法？犯，但犯的應該是民法，因為這也是損害個人權益而與公共利益無關的，偏偏中華民國的刑法有個「通姦罪」，而且是告訴乃論，所以抓姦成功的太太可以告兩個，也可以只告一個（通常是告情婦，因老公留著還有用），形成另類奇觀——兩個人共謀犯法，而一個有罪、一個卻無罪。

但即使有罪，大多被輕判而易科罰金，不痛不癢，像曾太太這種手法才是大智大勇，有需要的人多學學吧！

10 鬼月鬼妻

雖然說是農曆七月，但娶到鬼妻也未免太離譜了。

應該是今年三月的事，我接到一通電話，是一個陌生女子打的，我以爲是打錯，沒想到她卻跟我聊了起來，說她今年二十三歲，姓陳（跟我同姓），喜歡旅遊，也喜歡拍照，和我的興趣滿合的，兩個人不知不覺聊了半個多小時。

之後就常常電話聯絡，我想自己已是中年大叔了，還能交上一個「嫩妹」做朋友算是福氣，但不知她是眞的年輕（聲音是年輕的）或者根本就是「恐龍妹」，她又不肯先讓我看照片，一直過了半個月才肯跟我見面。

一見面我大喜過望，她不但是嫩妹而且是「正妹」，長得甜美可愛，但應該看不上我這個年紀大她很多、又長得很不怎麼樣的大叔吧？但她竟說我人很好、又有趣，而且成熟有風度，願意跟我交往，哇！這簡直是「天上掉下來的禮物」，我當然是求之不得啦！

後來我們就常見面，大多是在我住的桃園附近，她也跟我牽手、親吻過，但不肯跟我去MOTEL，因爲她要在結婚之夜才願意獻身給最愛的男人，叫我這個「老公」要忍耐，哇！那她就自認是我「老婆」了，我這種年紀還能娶到年輕貌美的太太，朋友同事們一定羨慕死了。

出去玩當然是我請客，偶爾她會以在臺中工作不順利、生活有困難爲理由，跟我要個三萬五萬的，我想早晚是一家人了，都毫不猶豫的給她，有時是面交，有時是匯款，最近一次又說她要整牙，拿了我七萬，我看看自己全部積蓄的三十幾萬都快花光了，其實是有一點擔心的。

後來她又說媽媽住院需要錢，我想既然是未來的岳母生病，當然應該去探望一下，也給對方一個好印象，沒想到我問說她媽媽住哪家醫院，她都說不清楚，要她媽媽的電話（好約時間探病）也不給，追問幾次之後她乾脆失蹤了，電話怎麼聯絡都沒人接，也不知道是不是出事了？

我忍不住跑去臺中市她自稱住的地方附近報警，派出所幫我查了半天，確實有一個二十三歲姓陳、和她同名的女孩，但在今年六月已經往生了——哇！我是遇到鬼了嗎？明明八月還拿錢給她、九月還有打電話，怎麼會六月就死了？

我看著家家戶戶擺在門口的中元節祭品，心想我也太倒楣了，竟然在鬼月跟一個女鬼談戀愛，還論及婚嫁？

後來警察建議讓我再聯絡她，假裝說要給她錢幫媽媽治病，她果然就來了，我們約在臺中一家咖啡廳，她一露面，當場就被警方逮捕，原來她已經三十多歲了，本來就有多起詐欺前科，只是不知怎麼會有二十三歲陳女的帳戶。她死也不肯說，我則是氣得說不出話來，被一個「假女鬼」騙得團團轉，還花光了所有積蓄，我非告她詐欺不可！

只是朋友和同事們的嘲笑，看來我是逃不掉了。

苦苓說

青春的確是迷人的，而且青春一去不返，花再多錢也買不回來（花錢整型買回來的是仿冒青春的外表，不是真的青春）；那麼退而求其次，找一個還擁有青春的異性在一起，至少可以感染青春的氣息吧！甚至讓自己也有「回春」的感受，也就是所謂的「枯木逢春」呀！

難怪有那麼多的「大叔」在歡場裡一擲千金，想想看：若不是為了錢，哪可能有麼多年輕貌美身材好的小姐，會垂青你這個髮禿肚凸、老態漸露的中年人呢？也只有為了錢，才會有那麼些女生在你吹牛的時候，睜大了兩眼，一臉天真的問：「真的嗎？」「後來呢？」「好棒哦！」

奉勸各位和我差不多年紀的「大叔」，還是安安分分得找個成熟、懂事、善解人意的「熟女」，成就一段比較「自然」的感情或者姻緣吧！

11 一馬三鞍

雖然一樣是我們四個人打麻將，卻變得怪怪的。

太太在外面烹飪班認識了美美和麗麗兩個人，到底學了多少烹飪技巧不知道，倒是找了兩個好「牌咖」，常常約到我家來打麻將，我也奉命上場。不過我牌藝不精，輸多贏少，只是服務還不錯，常幫她們張羅飲料、水果的，到吃飯時間還會去買便當或炒麵給大家吃，美美和麗麗一個是寡婦、一個是離婚的，都不約而同稱讚我是好老公，我老婆嘴上說這是基本的待客之道，沒什麼，但心裡得意。

不過半年之後，情況有點變化，大家打牌聊天時，她們倆開始動手動腳，有的捶我肩膀，有的彈我耳朵，雖然是在笑鬧間進行，但我擔心太太發火，不太敢回應她們。

有一次我到廚房切水果，美美就跟了進來，說我好像很有人生閱歷，可不可以單獨約我出去，要請教我事情，我說在這裡講就好啦，她說怕被另外兩人聽到不好意思。一樣是女生卻不能聽的話，她偏偏要私下講給我一個人聽，我敷衍她說再找機會吧，她笑一笑出去了。

太太也在兼做保險，所以打牌時常起身接電話，這時美美和麗麗就各自看手機或上洗手間。麗麗藉口幫我泡茶，靠近我身邊時，小聲問我怎麼保持身材的，看起來一點都不像五十歲，我也不曉得這算讚美、還是騷擾。

我本來想告訴老婆的，但她萬一不高興，大家朋友就做不下去了，以後麻將當然也沒得打。而且美美跟麗麗表現得也不算很露骨，如果太太聽了覺得是我自作多情，甚至是我在「肖想」人家，那我豈不是太冤枉了？

機會終於來了！太太因為保險的業績做得不錯，公司招待坐遊輪去琉球三天兩夜，第一天我送她到基隆港上船，之後乖乖回家，馬上就接到美美的LINE，約我去外面咖啡廳，有事想請教我，我要求不能讓我太太知道才答應，她馬上說OK。

到了咖啡廳，她就毫不保留的講自己喪偶之後深閨寂寞，但又不想隨便跟男人發生關係，希望找一個床上伴侶但不牽涉感情的，她也知道我不是輕佻隨便的男人，但也請不要誤會她……說得聲淚俱下，我趕緊遞上紙巾，看著咖啡廳斜對角汽車旅館的招牌，覺得自己好像義不容辭。

好事一樁接一樁！那晚麗麗打電話來，說想去健身房練身體，問我有沒有熟悉的幫她介紹，最好先帶她去認識環境，「有一就有二」，我也不再浪費時間，第二天開車去接她直接就進了摩鐵（還用了昨天的百元折價券），果然她一點反對的意思都沒有，只可惜太太明天就要回來了。

太太還買了禮物送她們倆，又邀來家裡一起打牌，桌子底下我的兩隻腳，各有一隻腳在撩撥我……

苦苓說

所謂「近水樓臺先得月」，但月亮離得這麼遠，想得到未必真能如願；但「近水樓臺先淹水」，地上既然有水，難免會被沾濕，男人，哦不，人都是經不起誘惑的，難怪俗話說「十個女人九個肯，就怕男人嘴不穩」。

有時候，最危險的地方最安全，反之亦然，在做太太的來說，經常邀來家裡打牌談心的閨密，應該是最可靠的吧？但得先把對方的狀況弄清楚了，否則把老公一個人丟在國內，不等於丟一條魚在兩隻野貓中間嗎？

表面上看起來這位老公享盡了齊人之福，但後事發展還很難預料，假如就此成為三個人永遠的祕密就罷了，萬一其中有人食髓知味、需索無度，那風險真的是挺大的，一旦被逮，那可是另類「三娘教子」的悲慘畫面呀！

「女人就怕」愛到卡慘死

1 一場默劇

我一眼就可以看出進來咖啡店的兩個人是什麼關係。

如果一男一女，是一個看報一個看雜誌，一小時都不講一句話的——夫妻；如果是親親密密的進來，各自滑著手機，偶爾交談兩句的——情侶；要是眞的耳鬢廝磨、情話綿綿的，錯不了，準是情夫情婦……呃，還是你一定要說姦夫淫婦，那會不會太老套？叫作不倫戀可以嗎？

今天進來的一個少婦和一個熟女（別問我憑什麼分得出少婦與熟女，這叫人生閱歷，懂嗎？）兩個人見面既未揮手也未擁抱、更沒有笑容，我趕快送了水點了咖啡，躲回吧檯裡看好戲，這也是開咖啡店的樂趣之一。

熟女大鬈髮，塗著韓國式的紅唇膏，雖然一身名牌，卻還是洩漏出一些風塵味，大概是那懶洋洋的坐姿吧。少婦服裝和打扮都很講究，但有一點過頭，好像要參加晚宴似的（女生碰到競爭者都會比較「用力」，不服輸），但掩不住臉上的疲憊，除了兇狠的眼神，其他部分看來都沒力了。

兩個人起初小聲地互相責問、辯解，後來當然是忍不住越來越大聲，好在下午的客人不多，我悄悄調高了音樂的音量，悅耳的音符多少遮掩住她們那些不好聽的話。

熟女不知說了什麼，抬起頭一副「妳要怎樣」的表情，少婦咬牙切齒，從袋子裡拿出一只信封、掏出一疊照片，我雖然離得遠看不清，但猜也猜得到相片的內容。果然熟女退卻了一點，想拿起照片細看，卻被少婦一把搶回去。

好像得到了「武器」助攻，少婦指著熟女的鼻子罵起來，一臉威逼嚇阻的表情，熟女卻沒有輕易服輸，拿出手機滑給對方看，應該是一句一句的ＬＩＮＥ吧！少婦果然出現大受刺激的神情，看來「死豬不怕滾水燙」，熟女不只認了「罪」，還提出「證據」說明男人愛的是她，LINE裡面少不得有幾句不愛原配，或原配有多糟的話……熟女扳回一城。

但原配不輕易投降，又從袋子掏出一隻小型錄音筆，是個男人的聲音，從我這聽不清楚，但看熟女臉色大變，應該是男人向妻子認錯，而且保證不再藕斷絲連的告白。熟女顯得不知所措，碰翻了水杯，少婦手忙腳亂的收錄音機、收照片，然後好整以暇地看熟女狼狽地拿紙巾擦著桌子。

然後兩個人做了同樣的動作——打電話！

我知道高潮要到了，忍不住興奮起來。果然十幾分鐘後衝進來一個男人，看到兩女先瑟縮了一下，又鼓起勇氣靠近，但不敢坐下，站著聽兩個女人一起對他興師問罪，他一邊結結巴巴的解釋著，一邊笨手笨腳的安撫著，但有如提油救火，形勢越發危急……我正在想萬一有摔壞的杯盤該怎麼索賠，男人半哄半推的把熟女弄出室外上了計程車，回頭卻見他老婆已自己上了計程車離開，他正要匆忙追趕。

這下該我上場了：「先生，這桌的帳還沒有結哦！」

苦苓說

很多人口頭上羨慕「齊人之福」，心裡未必有勇氣沾惹，這也就是俗稱的「有色無膽」——這是對的，因為愛情是天下唯一「眼裡容不下一粒沙子」的關係，更何況「臥榻之旁，豈容他人酣睡」，男人當以苦苓為戒，才是「修身養性」的自保之道。

反而是兩個女人常想不開，非要一較高下不可。

「哼，老娘就不信那個小三比我漂亮、比我高貴、比我氣質好……」其實婚姻中的男人另找女人，不在找「更好的」，而在尋「不一樣的」。所以女人若看見對方條件好，別懷憂喪志，遲早她也會變成「一樣的」；若發現對方差妳很多，更不要火冒三丈，那表示妳老公根本沒認真，很快就會回頭的。

重要的是：女人何苦為難女人，錯的明明是那個男人呀！

2 求婚習慣

「妳嫁給我吧！」這樣的話聽來應該浪漫感人的，但從阿P的嘴裡說出來，就差很多了，一來他毫無鄭重、誠懇的口氣，二來他對小米已經是第一百次這樣說了——至少在我們公開聚會的場合，我就聽過這麼多次。

阿P和小米算是青梅竹馬，可是阿P高中畢業就去賣車了，小米好歹是大學中文系畢業的，雖然說這不是什麼講究門當戶對的時代，但兩人總得有共同話題吧。結果每次我們這個美食會聚餐，都是阿P和另外幾個男的猛划酒拳，小米和我就談什麼蘇東坡、李清照……

偶爾阿P會轉向我們拿起酒杯：「小米嫁給我吧！我一定好好對妳。」

然後大家笑鬧成一團，小米很聰明的不出聲，她說什麼都不對，斷然拒絕傷感情，半推半就傷自己。而且我問過小米，阿P私下有沒有對她講過這一句，她說兩人很少單獨見面，每次都是在一大群人面前被「求婚」。

但若說阿P不是認真的，又很難講。

有一次我們聚會，阿P照例去接小米（這點她倒不忌諱，圖方便吧！），發現小米家樓下停了一輛跑車，他對車比較敏感，就按對講機問車是誰的，小米說是她朋友的，他現在在她家，馬上要走了——在這「馬上」的時間內，整輛跑車已經被阿P給刮花了，那男生下來當場愣住，小米厲聲質問，阿P只淡淡地說多少錢我照賠（但不這麼刮我就不爽，這句當然沒說出來）。

那男的在小米好說歹說下開車走了，小米賭氣不肯再搭阿P的車，一路走到餐廳，阿P就開著自己的車在後面慢慢跟……兩個人都遲到了一小時，各被罰酒一瓶，阿P喝完自己的一瓶後還去幫小米喝，小米搶過瓶子，自己喝光。

阿P說：「妳酒量這麼好，嫁給我吧！」

「鬼才會嫁給你！」小米第一次回應，有夠決絕的。

後來我們美食會不知道怎麼就斷了，我偶然碰見小米，才知道她嫁到宜蘭去了，先生開民宿，她還在臺北上班，但搬了家、也換了電話，只有假日回宜蘭。

我說妳不夠意思，自己靜悄悄地就結婚了沒有大家熱鬧一下，她說她怕死了阿P，根本不敢讓他知道自己結婚，我想想也對，但還是約她改天出來跟大家聚聚，沒那麼嚴重。

果然再聚會，兩人都來了，阿P很有風度地恭喜小米結婚（他還是知道了），大家正鬆了一口氣，阿P卻說：「妳結婚幹什麼？跟他離婚，我娶妳！」

這就讓大家很難做人，草草吃喝就散了，後來……

後來我聽我們之中一個人講，小米結婚不到一年就離了。

「真的？那阿P知道嗎？有再跟她求婚嗎？」

他說當然沒有，後來他們幾個也有見面，阿P絕口不提婚事，小米看了他半天，嘆口氣，一下子又乾掉一大杯威士忌。

苦苓說

男女之間的關係是很微妙的，會發展出兩種「好」來：一種好就是男生愛女生的「好」；一種卻變成哥兒們的「好」。後者比較麻煩，因為這個哥兒們的好讓彼此沒有什麼界線，甚至勾肩搭背打鬧嘻笑都無妨，但無形中仍妨礙了雙方去獲得第一種「好」。

因為有人看你們那麼好，可能知難而退，又有人覺得一山不容二虎、你既然跟我好了怎麼還跟他（她）那麼毫無隔閡？甚至你們倆好像更親些？愛情的特別甘醇就在於它的獨占性，特別苦澀也是。

而性喜「漁獵」（從古至今皆然，只是對象不同）的男人，往往是因為獵物逃跑、躲藏才燃起捕獵的欲望，非得到不可。一旦獵物乖乖就擒或已無處可逃，他反而意興闌珊，覺得沒什麼好玩了，回頭又去找另一隻獵物。

3 情與錢的循環

我們本來以爲她已經走出來了，沒想到是陷了進去。

五年前她丈夫忽然心肌梗塞過世，她整個人完全崩潰了，每天以淚洗面，自暴自棄，我們幾個姐妹淘輪流守著她，唯恐她想不開——直到那個男人出現。

其實她在經濟上沒有什麼困難，丈夫家大業大，留了一間工廠給她，而且小姑和小叔也都在工廠裡做事，她又沒有小孩要養，只是忽然失去所愛太傷心，走不出來。

後來聽說她跟那個男人交往，我們偶爾也會見到，整個人就一副很「古意」[4]的樣子，經常是沉默不發一語，但雙眼總是凝視著她，應該說是很看重她吧。

不久他就辭掉自己的工作，搬離自己住的臺東，來南投和她在一起了，主要說是為了陪她，不然相思太苦；她也欣然接受，用自己的錢在外面為他租了房子。

他也就理所當然的不工作了，整整兩年吧。

她本來有意安排他去自己家的公司上班，但又怕小叔和小姑會講話，想說自己有能力養活這個男人，就暫時不要他工作吧！兩人整天膩在一起你儂我儂，傷痛逐漸遠去。

他果然也不是沒志氣的人，後來就有了雄心壯志，說要自己創業，但苦無資金，她一咬牙，自己拿了兩百萬（主要是老公的遺產和保險費）出來贊助他……姐妹們知道了，都有點擔心，但誰也不敢開口勸阻，畢竟那是人家的錢、人家的人生……

投資果然失敗了，男人大罵自己的合夥人吃裡扒外，又自責識人不清，幾乎痛哭流涕的向她哭訴，她好言勸慰，又去解除了兩張定存的單子——各一百萬。

4：臺語，老實。

好像他的志氣也不是特別大，只要兩百萬就夠做事業了。我們側面觀察他不菸不酒、也不近女色，應該眞的是想做些什麼出來，也免得被人看不起，可惜沒那個能力。之後就這樣不斷的循環，好像變成了一個「慣例」，大家開始忍不住勸她：妳還是要爲自己多打算，這麼多錢有去無回，他也沒計畫跟妳結婚，萬一人財兩失豈不是太不合算……

她笑笑回應：「我知道，也想過，但是他的自卑感很重，每次受到失敗的打擊，都要我勸很久才能重新振作起來，他沒有親人，在世界上只有我一個人了，我不挺他，誰挺他？再說，我也習慣有他陪了……」

在姐妹們力勸之下，她答應「拒絕」他一次看看，就推說個理由，因爲長期投資錢暫時進不來，請他緩兩、三個月再去做新的投資。

「哦。」他沒說什麼，當天晚上就走了，沒有留下任何可以聯絡的蛛絲馬跡。

我們這群姐妹眞的很沒用，竟然沒有人敢去跟她見面。

苦苓說

有人說：女人最大的敵人不是小三，也不是壞男人，而是寂寞。

對情感無法獨立的人來說，縱然人格和經濟都獨立，仍會陷入「情與錢」的坑洞。女人是感性的，我所愛的人缺錢（而且是為了努力向上）時，就算他不開口，我也義不容辭的要助他一臂之力，否則叫什麼愛情？

可是當愛情走遠、錢財落空時，又會覺得自己被騙了、「人財兩失」了——並沒有人騙你啊，錢是你心甘情願給的，甚至連借條都沒有，而他也是很努力的去花錢、把錢「投資」掉了，說真的，連詐欺罪都不成立。

因為騙人的不是他，而是妳自己，自欺欺人，就為了害怕寂寞、害怕失去，而最終仍將一無所有。

4 韓流之後

自從林老師因爲家暴離婚後，我就很擔心她。

平心而論，她在我們補習班是個好老師，她教的英文會話課很受歡迎，只是離婚以後，原本談笑風生的她臉上完全失去了笑容，教學倒還正常，但一下課就板起臉走人，好像其他的老師、同事全成了空氣。大家倒不是在乎她不通人情，而是擔心她那個離了婚的帥哥丈夫，給她的心理創傷太大。

所以我在另一家語言補習班碰到她時，嚇了一大跳！我想她一定想跳槽吧！換個環境重新開始，也可以擺脫離婚的傷痛……我還想不出勸阻她的話之前，林老師自己笑笑地說：「別緊張，我是來學韓文的。」

因爲順路，我就載她回家。她一路興高采烈的說近來迷上韓劇，不但愛死了那什麼基什麼鎬的，還穿韓服、聽韓文歌、吃韓國烤肉配啤酒、用韓國化妝保養品，更重要的是要學好韓文。

「這樣我去韓國看偶像表演，才知道他們在說什麼、唱什麼，有機會還可以跟偶像聊上兩句呢！」

四十幾歲的女性這麼瘋「韓流」不知道多不多，但很高興她恢復了活力，在辦公室裡也有說有笑，並且成爲韓劇的追劇之王，經常提供大家好看、當紅的韓劇，再不然就是招人團購韓國的化妝保養品，更成爲大家最好的韓文導師，像有一個男老師說我的歐巴（哥哥），馬上被她糾正：只有女孩叫哥哥、或女朋友叫男朋友可以叫「歐巴」，弟弟叫哥哥則只能叫「ㄏㄩˋㄥ」（聽起來像「兄」的音），看來林老師「韓化」得眞徹底，不久之後就應該會教大家做泡菜了。

之後她果然一有假就往韓國跑，而且跑到簡直比對臺北還熟，成了遊玩首爾的活字典，大家有什麼問題只要問她就OK了，連哪一家餐廳的哪道菜好吃也如數家珍……後來她乾脆自己組了一團，帶部分同事去韓國玩，賓主盡歡（她已完全是主人立場了）。

事情發展的最高峰，則是她喜歡上了臺北一家韓國烤肉店的老闆，比她足足小七歲的韓國鬍子帥哥，這樣「哈韓」也算「哈」到極致了，大家歎爲觀止。不久卻傳來她要嫁給鬍子哥，並且跟他回韓國釜山去開店的消息，而開店的資本，幾乎全靠她這十幾年來教書的四、五百萬積蓄。

家人一定是擔心又公開反對的，同事們則私下反對、表面祝福，反正已經無可挽回的事，又何必觸人家霉頭？搞不好他們從此會過著幸福快樂的日子也不一定。

而且林老師破釜沉舟，把自己多年前買的一棟舊公寓也賣了，總共大概帶了兩千萬「陪嫁」吧！就此展開輝煌的第二春。

結果還不到春天她就回來了，原因是鬍子哥一回韓國就露出眞面目——打老婆。林老師忍無可忍，什麼都沒要的就和他離婚，自己一個人回臺灣來了。唉！

苦苓說

有人說：女人看韓劇和男人看A片的心態是一樣的，都在幻想現實中得不到的東西。男人當然不可能碰到豔麗的辣妹自動送上門來；女人也不可能有高富帥的男人幫你做早餐……反正大家都在「夢想」中求滿足吧！

只是韓劇更現實一點，有很多「周邊產品」可以採買、擁有、奉獻……繼續維持美好的「師奶」之夢，也不是壞事。

但夢境與現實畢竟是有分界的，一腳跨過去之後，一切就可能改觀了。尤其女孩子碰到她以為的真愛、強愛、火熱愛，往往奮不顧身，甚至把所有的身家都拿出來賭上一把。看來是很感動人啦，但若賭輸了，實在太悲慘。

而且說起來這不是迷信哦！也就是說：女人老是會栽在同樣的男人身上，不知你有沒有同感？

5 寫信給老師

王老師您好：

沒想到我只是在教師節寫了一張敬師卡，就蒙您寫信來關心，離開學校已經好幾年了，這是我第一次和學校的老師有聯絡呢！相信您一切都好。

說來慚愧，當年我沒有好好念書，高中畢業只考得上那種荒郊野外、沒人聽過的大學，要重考也沒把握，乾脆就留在我舅舅的工廠幫忙，但會計的工作太單調沉悶，不適合我開朗活潑的天性（這是您當初在週記上稱讚我的，我一直都記得）。不久碰上了我先生，他長得又高又帥，我很快就嫁給他了，而且還生了一個小女孩。我本來是想：做一個平凡幸福的家庭主婦也不錯，相夫教子，也算是沒有辜負老師當年的栽培與期望。

無奈好景不常，我先生染上酗酒的惡習，而且每次酒醉後就會打我，我無力反抗，只能用惡毒的話罵他，結果火上加油，有一次他把我的肋骨都打斷了，還有一次抓我的頭去撞牆，害我住院了好幾天。他雖然不會打小孩，但我們母女每天都生活在恐懼之中，常常以淚洗面。

後來經過娘家人出面調解，總算成功離了婚，但他一毛錢也不給我，只答應小孩跟我，大家從此一刀兩斷。我雖然傷心自己的遭遇，但也慶幸自己可以從頭開始，我帶著女兒到斗六市區租房子，並且到一家藥廠上班。

我在藥廠做業務，負責的是雲林縣南區的診所，這些「鄉下」診所的醫師多半年紀大了，每天看些小病、開些無關緊要的藥給左鄰右舍的病患，可以說是與世無爭，但和我們算帳卻精得很，只要哪家的藥一顆減了兩毛錢，他二話不說馬上換藥，再怎麼拜託都沒有用，所以主管就叫我們有時候要用點手段。

例如說我每次要收帳，不怕老師您笑我，我就會特別精心打扮，穿上短裙和高跟鞋，這樣一來收帳的效率就會特別高，不會被拖延或是開很遠期的支票。但就像您教我們的：凡事有得必有失，有些醫師就會開口吃我的豆腐，要我給他做小的等等，尤其他們不太敢開已婚或單身女性的玩笑，對我這種離了婚的單親媽媽，就認定我們很缺男人似的，什麼挑逗的話都敢講，有的看護士不在，就攔腰抱住我，或在我臉上偷親一下……爲了生活，我也只好忍耐下來，一邊嘻笑著一邊設法脫離現場，完全不敢生氣。

其實以我的收入，帶著一個小孩實在很辛苦，又是安親班又是補習課的，雖然母女倆都很節省，還是會有阮囊羞澀的時候（我這樣用成語對嗎？）。最近有一個已經喪偶的老醫師出價一個月十萬元要包養我，老師您別罵我，但我眞的很心動，可以解決我目前所有的困難，我甚至還可以去讀大學進修部，讓生活品質更好。

我動搖了，但又忐忑不安，您說我該怎麼辦呢？

學生 李玲玲敬上

苦苓說

臺灣的婚姻制度有很大的問題，因為必須兩願離婚，很多在婚姻中遭受不幸的婦女，為了離婚和擁有孩子，只好放棄財產和金錢的請求權，一場婚姻下來，落得母子（女）兩手空空，要在社會上打拼求生很不容易。

而一個帶著孩子的失婚婦女，要找到合宜的對象再次進入婚姻，確實不是簡單的事，在職場上卻又因為這樣的身分，遭到較多莫須有的騷擾，甚至明目張膽地被要求以肉體來換取業績，其實是非常不公平的！

但在這個「早已」笑貧不笑娼的時代，如果出賣身體可以換得穩定的收入、更好的生活，至少解決了燃眉之急，又有多少人抗拒得了呢？我們也不忍深責，只期望她們能保重自己、好自為之了。

6 為愛而孕

我本來以爲表妹這輩子不可能懷孕了。

表妹國立大學一畢業就嫁人了，而且嫁的是傳產業小開，說是嫁入「豪門」也不爲過，姑姑和姑丈也很以此爲榮。但直到結婚第四年，表妹的「肚皮」還是沒有一點消息。

對於傳統企業來說，「繼承人」是非常重要的，表妹好幾年沒生，表妹夫又檢查證明沒問題，那表妹只好「下堂求去」了。不過她既不吵也不鬧，夫家爲了表示歉疚與感謝，給了不少贍養費，夠表妹幫姑丈還掉大筆賭債、在高雄買一棟電梯透天大厝給他們，自己還在臺北買了兩房的大樓。

果然不多久，前表妹夫就再娶了，但仍然沒生……表妹也只關心到這裡爲止。成了無憂無慮的黃金單身女，表妹開始出入高級俱樂部、參加商會社團，也常出國旅遊，當然結識了不少條件不差的男性，但總在交往一段日子之後，就無疾而終了。她跑去算命，算命的說她一生都有桃花，但感情注定是一段一段的，不會有什麼結果。

後來她也就死心了，反正遇到看得上的男人就交往看看，合則久一點，不合則匆匆掠過，當心裡不再有什麼「天長地久」的念頭，反而可以珍惜每一段眼前的情緣。後來表妹終於遇見一位才華洋溢的畫家，雙方也十分契合，問題是這個男的什麼都好，就是不願意生小孩。

表妹用盡渾身解數，甚至退讓到不用結婚、願意自己撫養小孩，對方還是堅持不讓步，我給她的建議是在保險套上做手腳。

「不行，那他不會原諒我的，兩個人不就完了？」

後來兩個人還是完了，因爲畫家是有太太的，我勸表妹怎麼交都好，別碰人家老公比較安心吧！

「我也知道啊，可是像樣一點的都結婚了呀，反正我也不搶人家老公，能在一起多久算多久……」

這種心態算是「悲觀而積極」嗎？

後來認識一位企業家，是基督徒，表妹為此還問我基督徒的祈禱文怎麼說？「我們在天上的父，願人都奉你的名為聖……」她很聰明，講兩遍就背起來了，看起來這回很認真，但這個基督徒企業家，仍然是別人的老公。

為了避免「風險」，兩個人去了義大利十幾天，回來之後不久，我接到表妹的LINE：「你相信嗎？我懷孕了！這真是神蹟。」已經四十二歲，早以為自己不孕的女人卻懷孕了，那種欣喜真是言語難以形容，而且爸爸又帥又優秀，一定會生出很棒的孩子吧！

但他仍然是別人的老公。

他果然開口要離開她，還說自己是基督徒，不能做違背聖經的事。

「馬的，做了一半才想到耶穌！」我罵給表妹聽。

她卻撫著肚子，一臉的幸福滿足，「我不怪他，他給了我這輩子最想要的。」

苦苓說

當女性經濟獨立、不再需要依賴男人時，男人對女人的「功能」就越來越有限了，甚至連陪伴、安慰、幫助、照顧等等，也不一定非由男人來做，那男人還剩下的，也就只有最原始的「傳宗接代」功能了。

當女人「進化」到這個階段，完全可以做個快樂的單身女性，直到……直到身體裡深藏的母性跑出來呼喚她。即使聰慧決斷如吳淡如，也在四十歲後忽然有了要孩子、甚至不惜冒生命危險的念頭，這其實可做為一個女生——尤其是單身女郎——的借鏡，萬一妳也到了那個時候，想生生不出來、或必須冒險而生、甚至可能生出一個不正常的孩子……

這一切都不再只是妳的私事，而事關另一個小生命了。

或者趁年輕時就去「凍卵」，有備無患呢？

7 懷孕警報！

我一直都沒有做防護措施，她都說沒關係，沒想到……

我想她可能有吃避孕藥或裝避孕器，要不就是有算安全期，反正她說OK，我當然樂得一舉衝頂，她三十五歲，我四十歲，彼此都是虎狼之年，可以說是十分的Match。

沒想到她忽然LINE給我說：「我懷了你的孩子！」

不是我不負責任，但我知道她不只我一個對象，和她前夫也還藕斷絲連，平常都不做避孕的卻忽然懷了孕，而且一口咬定是我的小孩，我的收入不到三十K，別說養不起小孩，連結婚都不敢，現在忽然來了一母一子變成我的責任，我哪裡擔得起來？

沒辦法！我立刻辭掉工作，連夜搬回臺南老家。

她開始傳驗孕棒的照片給我看，證明自己眞的懷孕——我還去問人家幾條線才是懷孕。後來又寄胎兒的超音波照片給我，證明是她有了小孩沒錯，更離譜的是她還傳給我姐姐、我妹妹，甚至我以前的老闆。

結果老闆打電話罵我說：「還以爲你做得好好的幹嘛辭職？原來是爲了躲小孩，眞是太丟我們男人的臉了！」

我聯絡她請她不要再到處亂講，又怕就這樣被她找到硬賴給我，結果她卻在臉書上嗆說：「如果不是有了他的小孩，我才不會抓狂！」

我堅持不理她，想說日子久了就會沒事，沒想到她又在臉書上寫：「沒擔當的那個人，沒有臉面對，就不要隨便騙女人上床，生理期也硬要，實在讓人覺得可恥！」把我的臉都丟盡了，看過臉書的親友們雖不說，但看我的眼光都會和以前不太一樣，有的還會搖頭嘆氣……

最後她揚言：「等著我生下來，我會帶小孩去找你們家祖先！」

這等於是下了最後通牒，我姐我妹都勸我還是出面的好，否則萬一鬧成一屍兩命就慘了。問題是現在就算要「夾娃娃」拿小孩也來不及了，我只好拜託以前的老闆，偷偷去看看她現在狀況如何，有沒有跟別的男人在一起。

結果老闆打電話跟我講：「安啦！我偷看到她肚子平平的，根本沒懷孕，要不然就是拿掉了，反正說要帶小孩找你是唬你的，不用怕她，你被耍了哈哈哈！」

這下我可火大了！搞得我身敗名裂，原來「攏係假」[5]，我到法院告她，果然檢察官查出她從頭到尾沒有懷孕，「只是想測試男友是不是真心」，沒想到男友一走了之，她才會從網路下載驗孕棒和胎兒超音波的照片，想向男友的親友施壓，讓他出面講清楚。

檢察官認為她瞎編自己懷孕，誣指我始亂終棄，把她依加重誹謗罪起訴，聽說最後有可能判刑一年。

其實她如果不玩花樣、好好對我，我原本覺得兩個人會有未來的，如今……唉，看來是再也回不去了。

5：臺語，「都是假的」之意。

苦苓說

現在流行晚婚甚至不婚，婚前性行為已經非常普遍，但許多男性仍不願使用保險套，說些什麼「穿襪子洗澡」的藉口，殊不知這樣做除了可以避孕（女方是否認真避孕或另有打算，你其實無從得知），也可以避免染上性病，且不說可怕的愛滋，即使梅毒、淋病都不是好受的，疱疹更是終生無法根治。

「你和一個人做愛，就是和他（她）這一生所有做愛的人發生性關係」，這可不是光用來嚇人的空話！女生為了保護自己，更應該堅持「無套免談」。

但用假稱懷孕來測試愛情，就未免太笨了，第一，妳先欺騙了對方，愛情裡最不能寬恕的不正是欺騙嗎？第二，妳給對方製造困難，愛情不是該維護而不是為難對方嗎？由此看來，他愛不愛妳不確定，妳不愛他卻是清清楚楚擺在眼前的。

8 茶壺風暴

「那我能爲妳做什麼呢？」

聽見小艾的客戶方先生這樣對她講時，我心中一凜。小艾是我們銀行的超級理專沒錯，但怎麼說也應該是她問客人想怎樣花錢（投資），而不是客人問她想怎樣花他的錢……我一邊匆匆走過一邊想著：允許理專和客人在銀行之外會面的規定，是否應該改一改——當然不能限制理專拜訪客戶，否則大家都要喝西北風了，但不能只限到客戶的公司拜訪嗎？

第二次有所警覺，是在小艾買了房子之後，單身女性要在南部自己買個二、三房的公寓大樓並不困難，但日劇裡總是演女生自己買房就是不打算嫁人了，我心想臺灣可能剛好相反：女生買屋是因為不想再跟情人去MOTEL了。

同事們湊錢買了一株漂亮盆景，派我這個上司當代表送去，我在小艾家新大樓的管理室登記時，看到登記本上一個熟悉的名字（幾乎每天六點半到、十一點走，因為太規律了所以很容易看到，我發誓沒有偷窺的意思）。

就像我在小艾新裝潢的家，幫她一起搬盆景之後，借用她的廁所時，無意中發覺了第二把牙刷，還有一支刮鬍刀，我相信那一定是小艾用來刮腿毛的。

本來員工的私生活不關我的事，就算她的男朋友是銀行的大客戶，就算她男友已婚也無妨，現在什麼時代了？而且我相信小艾也不是為了業績這麼做的（而當然，這麼做是對業績有利的）。比較麻煩的一點是：除了方先生，當醫生的方太太也是銀行VIP超大客戶，不能不防。

我忍不住私下找小艾來問，她也大方承認是方先生的小三，但絕不會以私害公，影響她在銀行的工作表現。我相信她（甚至還有點竊喜，因為她的績效也是我的績效），但也提醒她那個阿曼達的客戶（也就是方太太）會不會受影響呢？

她沉默了半晌，說：「我們很小心的。」

小心是沒錯，但「鴨蛋再密也有縫」，方太太在方先生和小艾的LINE裡面抓到曖昧了。她是醫生、讀書人、社會高層，當然不會哭鬧抓姦或跑到銀行興師問罪，她只打了個電話給阿曼達，要求一個月內不論損益、撤回所有投資，並結束在我們銀行的帳戶——那可是高達八個0的數字呀！

不知情的阿曼達嚇得哭了，一直問每個人她到底做錯什麼事得罪方醫師了，我看看面如死灰的小艾，她也無助的看著我，全公司只有我們兩人知情。

小艾第二天就辭職了，頭號理專不告而別，大家認定她一定被高薪挖角了，我只能不予置評。

沒過幾天，方太太又把錢都放回我們銀行了。倒是方先生按兵不動，聽說他寫了一封文情並茂的告別信給小艾，小艾痛哭一夜，第二天一早LINE給我，說她還可以回來上班嗎？

苦苓說

現代男女的生活壓力大，無處不充滿競爭，其實很難有餘力去經營什麼男歡女愛。而每天花費時間最多的職場，幾乎是唯一可找到對象的地方了。於是辦公室戀情來了，和客戶「日久生情」的關係也來了，本來或許是「以私益公」，但發展到後來很難不「以公害私」。

這時候被逼迫退讓的又是誰呢？當然是弱的一方，而且通常都是第三方，所以外貌在職場競爭上固然有可能是個利器，但若運用不當或運用過當，自己有可能遭到反噬，這是年輕女孩在事業上不得不慎重的一件事。

而「元兇」總是沒事的，顯得那麼的無辜、那麼的無奈，最後再加上：那麼的無情。事業有成者雖可背離婚姻，卻絕對不會放棄家庭的，「準小三」們慎思、深思！

9 機場情緣

「妳這次眞的找到眞命天子了！」我羨慕的說。

「可不是？你看我這寶寶多可愛！」姐姐得意的抱起初生的寶貝，向我炫耀著。

她一直情路坎坷，終於找到好的歸宿確是可喜可賀。

「眞的是緣分耶！妳去日本玩，回來在機場碰見他——姐夫，剛從美國回來，是誰先搭訕的？」

「搭什麼訕？他看我行李多，幫忙推了一下，就認識啦！」

「然後就一見鍾情、墜入愛河、閃電結婚、迅速得子……這也太像瓊瑤小說了吧？妳連他一個家人都沒見過。」

「他的家人都在美國，要回去一趟也滿辛苦的，反正我們是去公證結婚，我還省得應付公婆、小姑什麼的咧。」

「妳倒很會打如意算盤嘛！」我接過她手裡的小外甥，「不過怎麼妳才生產，他就急著趕回美國呀？」

「他公司要他回去呀！他是留職停薪一年回來的，算算從跟我認識到現在，也整整一年了，再不回去要是被公司開除了，那我們母子兩個吃什麼？」

「也是，對了，他們是不是電子公司，上班都不能帶手機的，那你們怎麼聯絡呀？」

「他會打來呀！他們公司宿舍有電話。」

「那妳如果有事要找他呢？妳打給他過嗎？」

「有啊！可是從來都沒人接，也不曉得是加班還是出去了，不過之後他都會回電話就是了。」

「這樣……怪怪的，」我好奇多疑的天性又發作了，「那我們現在來打看看，那邊是晚上十點，他去哪裡也該回來了。」

「不要吧！他說他都很早睡，萬一吵醒他怎麼辦？」

「就說兒子想他呀！」我不管那麼多，開始撥手機，「電話號碼多少……好，來，妳來接。」

「請問程嘉陽先生，也就是Peter程在嗎？」姐姐接過電話，還有點怯生生的。

「請問您是哪一位？」

「我是程嘉陽的太太，請問妳是……」

「妳說什麼？我是他妹妹，我大嫂在家呀！妳到底是誰？」

手機聲音夠大，連我都聽見了，趕忙搶過來，看見姐姐已流了滿臉的眼淚，小外甥也同時哇哇大哭起來。

電話裡聲音換人了：「是我，嘉陽呀！我……我在臺灣和妳結婚的時候，正在跟美國太太辦離婚，沒想到一直沒能辦好，所以才……我不是有心騙妳的……」

「程先生，」我咬牙切齒的說，「你現在犯了一條重婚罪，一條使公務員登載不實罪，不用再解釋了！」

我在大學的法律可不是白讀的，只可憐了我姐姐……

苦苓說

世界上到底有沒有所謂的「真命天子」呢？這真的很難講，尤其現在女性普遍高學歷、高收入、高成就，能看得上眼的越來越少。而就算妳看上了人家，對方卻也未必看得上你，妳驕傲，我驕傲，很難湊在一起。

所以只要有人結婚，我們總是為他們高興，將就娶妻也好、委屈下嫁也好，當然最好是情投意合、眾人祝福，可是在被愛情沖昏頭之際，千萬別忘了做一點基本的「身家調查」：父母狀況如何？有沒有重病需要長照的？家庭資產如何？有沒有一堆負債需要還的？本人工作狀況如何？有沒有可能沒多久就被資遣的？……更重要的是，感情狀況如何？有沒有還在關係中的對象、甚至「一石二鳥」……

在現實面前，再強大的愛情都不是對手，慎之。

10 一天兩次

用兩千塊賣掉我的一個假日，不知道值不值得。

今天不是休假日，但同事L和我輪休，她昨天竟然開口要我把今天賣給她，但不用勞務、保證輕鬆還供午餐，想想反正我也沒事，就答應她了，看看有什麼「齣頭[6]」。

早上十點她開車接我，後面還載著一對男女，咦？難道是Double Date（兩對約會）？但看那兩人坐得遠遠的又互相不講話，看來沒那麼美好。

果然車子沒朝郊外開去，而是開到了戶政事務所，L這時才告訴我是來幫她朋友當結婚證人的，咦？這是好事呀！幹嘛搞得神神祕祕的，還要花兩千塊買我一天？

戶政事務所裡沒什麼民眾，承辦人一看是來結婚，馬上先道一聲「恭喜」，而且帶著滿臉笑容。整個屋裡最沒表情的就是新郎新娘，就算是早上剛吵架，好歹也來登記結婚了，非要這樣繃著臉不行嗎？現代都會人的愛情觀實在太奇怪了。

行禮如儀的辦完手續，L和我也乖乖蓋了章（昨晚還在奇怪：幹嘛非要我帶身分證和印章不可？），四個人上了車，L送他們兩人各自回家（還沒住在一起就結婚了？），我以為自己也可以「下班」了，L卻帶我到了一家義大利餐廳，哦對！說好是供午餐的。

L喝了一大口水，又嘆了一大口氣，看我還張著懷疑的雙眼看她，不得不從實招來：原來新娘是L的大學同學、現在的閨密。但這個閨密雖然白天在公家機關規規矩矩的上班，晚上卻搖身一變成了豪放女，幾乎每晚都和網路上的朋友約在夜店，只要對方不要不像人樣，就來個One Night Stand（一夜情），畢業後好幾年都是這樣，反

6：臺語，把戲、花樣。

正她不相信愛情，更無意婚姻，只要有男人提供「性服務」就可以做個快樂的單身女郎，直到——

直到她碰上這個新郎，竟瘋狂的愛上他，一夜情變成了夜夜歡，男生反正不吃虧也OK，反而是她越陷越深，想和男的交往、戀愛，對方卻堅持只做「固定性伴侶」，她卻已瘋狂到想生對方的小娃，於是在排卵日動了保險套的手腳，果然如願懷孕。

但男的還是不要她，也不要小孩，是在她和L兩人苦苦哀求下，才答應來結這個婚的，「至少讓孩子有個名分」。

「那他犧牲未免太大了，拿多少錢？」

「你就知道錢！」L一拳敲在我頭上，「上午結婚，下午就要辦離婚了啦！不然我買你一天幹嘛？」

我沒話說，喝了一大口水，差點嗆到。

苦苓說

人可以由愛而性，也可以由性而愛。

千萬別以為女生「只以性交為目的的交往」這種行徑是你賺到、「卯死了」、「好吃又不黏牙」。問題是在不斷的性愉悅之後，女生仍可能「愛」上這個「床伴」，而讓兩人的相處變得複雜化。

在這個故事裡的新郎算是「好心的」，沒有不認帳或一走了之，而女生愛一個人就非得留下些什麼（甚至是影響她一生的孩子）的痴迷更不可思議，一天之內結婚又離婚看來簡便，從此一個人當單親媽媽的艱辛沉重，她可能還沒想過。

11

含羞草的故事

「今天又被抓了。」中午過後我到咖啡店時，小妹對我擠擠眼睛，我就知道盈盈又出事了。

只知道她叫盈盈，典型的貴婦，五官美麗，身材姣好，打扮講究，閒閒沒事（這一句才是重點！）。因爲咖啡店旁就是SOGO百貨，所以她幾乎每天下午來，先喝一杯我們店特調的「含羞草咖啡」，一兩個小時後再去逛SOGO，然後大包小包的回來，再點一杯特調的含羞草咖啡。

何以維生呢？有個男的偶爾會出現，個子很矮，長得又醜（小妹們一致通過的形容詞：獐頭鼠目，我PASS），尤其是言行極爲鄙下，滿口髒話不說，有一次還作勢要脫外褲嚇人，小妹們又有一致的結論：鮮花插在牛糞上。

可是這牛糞可以供應鮮花養分啊！所以花總是對牛笑嘻嘻的，溫柔婉約，有時牛口出惡言，花還是笑笑地應答。

「你們看到沒有，做服務業的就是要這樣……」

我機會教育，引起小妹們集體抗議：「我們又不是被包養的！」

是我失言，更重要的是：牛沒有包養花。

「牛糞」另有其人，是住在臺北的一個富商，八十好幾了，偶爾才能來臺中和他的「鮮花」見面。所以盈盈的日常生活正說明了「情婦」這工作的特性：工時短、工資高、風險低（正室遠在臺北，而且想必也力氣不多了）。

不知是「老牛」力不從心，已不能滿足這花；或者這花深閨寂寞，又找了另一位既不是小鮮肉，更不是小白臉的「劣品」，就算是補償作用吧！也可以找個條件好、起碼氣質好的男友，何必如此屈就？而且把從「老」的那裡好不容易挖出來的錢，用來包養這個「爛」的，太不划算了！

紙包不住火，老牛竟然還有精神「突擊檢查」，在我們咖啡店裡抓到了正在卿卿我我的兩個人，當然破口大罵、怒急攻心，我還眞怕他就在現場昏了過去！

之後就是盈盈當場把「渣男」趕走，不斷向老牛溫婉解釋，並指天誓日決不再犯……老牛氣沖沖地帶她回去他們的「金屋」，但他藏的這個「嬌」沒幾天又跑出來犯了！

看在老客人的份上，我也曾經婉轉地勸她：要不和臺北老的一刀兩斷；要不和臺中爛的斬斷孽緣，可是她說物質上她需要前者；精神上她又要有後者，「他雖然不是好人，但很會逗我笑，至少不讓我那麼寂寞……」

我沒話可說，「術業有專攻」，渣男也有渣男的一套，否則何以維生呢？只是他們一次次再犯，又一次次被抓，卻又一次次安全過關，搞得連整個咖啡店的小妹都熟悉他們的故事。

遠遠看到盈盈走過來，就會互相提醒：「含羞草來了！不知道今天會不會有狀況？」

「如果眞的找到一個好男人，我怕會投入眞感情，那我的金脈就斷了，光靠愛情怎麼活？」盈盈說過這一段。

苦苓說

如果說人與人的關係，建立在能為對方「提供」什麼，那麼以金錢換肉體的交易，應該是有非常古老的歷史了，但這裡面真的只有欲望的橫流嗎？有沒有一種權力的掌控呢？——因為你要我的錢，所以必得聽我的。

所以世上還有那麼多有心無力的「老不修」，恐怕正是因為他們不放棄想用金錢「掌控」些什麼吧？

男人當然也有肉體，但女人對此的需求似乎不那麼強烈，因此甜言蜜語、溫柔體貼、無微不至、隨招隨到就成了男人「服務」女人的主要項目了，這比純粹提供肉體要難一點，但也不難學會，要不然「牛郎」是怎麼訓練的？

我疑惑的是：有金錢沒愛情，跟有愛情沒金錢，非要選一個的話，大多數的女生會挑哪個呢？

12 沒有那麼好走

我就知道這兩個人的關係不會有好下場。

說起來就難過，我女兒和那個男人認識十年了，兩個人住在一起也有五年了，雖然說有去拍婚紗照，但也沒有宴客、沒有登記……看起來並不打算真的結婚。

哪曉得那個男人犯了重案，被判入獄十年，我那傻女兒卻說她不離不棄、無怨無悔，反而非嫁他不可——我苦苦勸說他出來都幾歲了，你們要怎麼生兒育女？而且他一個前科犯也不可能找到什麼好工作……但她吃了秤砣鐵了心，就是非嫁不可，誰也攔不住。

那結婚證書不是要兩個人簽名嗎？她媽媽心軟簽了名，還差一個證人，沒想到還冒簽了我的名字。好啦！這下夫妻做成了，卻不能在一起，我這個死心眼的女兒就這樣獨守空閨，卻固定每周都去探監，帶些吃的用的，風雨無阻……親友們有說她憨，有說她痴，有人只是嘆氣。

「假夫妻」做了四年，我女兒出了車禍，我們夫妻因爲住得遠、年紀也大了，沒辦法一直在身邊照顧她。她大概開始覺得自己傻，空有夫妻之名，生病住院卻沒有人照顧陪伴，就結識了在同一個病房照料父親的一個男人，而且出院後兩人開始交往，不久之後就打得火熱，還懷了孕。

我們兩個老的想勸她：畢竟她是已經結婚的人了，但看到她跟「小王」那麼好，也不忍心硬生生去阻止，只是擔心萬一那個男人假釋了，回來興師問罪怎麼辦？

但是如果照法律規定，我的女兒既然還是那個男人名義上的太太，那麼生的這個小孩就是他兒子、得叫他「阿爸」了，那這樣小王又算什麼？一筆爛帳眞不好算。

結果還是我女兒厲害，找了律師訴請否定生父關係，那個男人在獄中收到裁定結果，才知道四年來不離不棄、無怨無悔的太太早已琵琶別抱、替自己戴了一頂大綠帽。

這還不夠慘，律師知道當年結婚證書的事後，又替她向法院訴請確認婚姻無效——因爲我的簽名是太太假冒的，法官把我的簽名送去鑑識，確定不是我的筆跡，因此判決婚姻無效，我的女兒勝訴；換句話說，那個男人不但沒了兒子，原本發誓要等他出獄的老婆也沒了。

事情發展到這裡，除了那個男人可能心有不甘，對大家來說都還算圓滿，我女兒也認眞考慮要嫁給那個「扶正」的小王了，還要讓他認領兩個人的孩子。

我太太則是自鳴得意的說：好在當年是她幫我假冒簽名，要不然這個婚姻不會被判無效，女兒也不能順利脫身，我聽了只能苦笑。

壞消息果然來了！那個男人假釋出獄，找到我女兒住處，跟蹤了好幾天之後，對她潑灑了不知是鹽酸還是硫酸，反正她的身體百分之二十五灼傷，臉也半邊毀容……那個男人當然立刻被抓回獄中再起訴，但也改變不了已經發生的悲劇了。

苦苓說

有些臺灣女孩子，青春期會讀不少所謂的「羅曼史」小說，因而對愛情充滿了過度美好的憧憬，甚至被那些灑狗血的劇情所誤，認為越是艱難困苦、越得不到大家祝福、甚至不容於社會的愛情更可貴、更值得追求。

「中毒」之後，對男女關係就開始不切實際起來，有時在父母及眾人反對下硬婚（這年頭不流行私奔了）、強婚，偏偏要嫁給大家一看就知道不好（尤其是品行不好）的對象，之後再自己飽嘗苦果、甚且有苦都無人可訴。

而此時如果又採取激烈手段，與「誤嫁」的對象分開，往往弄得兩敗俱傷，當初一切嚮往的美好都蕩然無存。而像這個「僥倖」分手成功的例子，則反而更激起對方強烈的反彈，不得不再說句陳年老話：「早知如此，何必當初？」

「愛情眾樂樂
比較鬧熱」

1 夫夫妻妻

本來我們兩對夫妻是滿正常的。

因爲先生是朋友，各自結了婚，聚會時當然帶太太，太太也就無形中成了朋友。四個好朋友沒事時聚餐、聊天、逛逛街，也比總是兩個人你看我、我看你樂趣多些。

我的個性比較嚴肅，開車遇到紅線絕不違停，我太太就說我死板，停一下下附近又沒警察，幹嘛還要多走半條街——她是那種能不守規矩就不守規矩的個性，要不是我這個無趣的煞車不斷的踩，她老早把油門催到不知道哪裡去了。

另外一對卻跟我們剛好相反：先生是冒險家，什麼刺激的事都想試試看，也常常譏笑我循規蹈矩怕事膽小。我早就習慣了，不以爲意，反而他太太幫我講話，說我爲人正直，是她欣賞的類型，因爲她自己也是一個高度自我約束的人；換句話說，她也常幫先生踩煞車。

所以我們四個每次聚會，都由我太太和她先生安排決定，什麼新鮮的、有趣的、特別的都要試一試，我們兩個「局外人」則乖乖聽命，所以在聚餐的場合，大都也是他們兩人你一言我一語講個沒完，我們倆偶爾插一句嘴。

在不知情的外人看來：我太太和她先生像是一對，她和我反而更像夫妻，連服務生也搞錯過。我們偶爾也開玩笑：要是可以重返當初重新配對，那他倆、我倆都更適合——可惜已經來不及了，只好互相忍受，呃，我是說包容。

後來我還發現不只聚會，她先生和我太太常常LINE來LINE去，當然也沒什麼重要的話，我也不會要求去看，只是LINE有了回收功能之後，我偶爾在她手機看見一堆她「收回」給他的LINE對話紀錄，心裡總是不太舒服：如果內容沒什麼，幹嘛又要刪掉怕我看見。

我打電話給他太太，她倒是安慰我不用擔心，說他們兩個就是活潑，可能喜歡互相扯些鬼話吧，我們多疑心反而顯得小器，我點頭稱是，也覺得這個女人眞是溫馴賢慧，如果當年娶的是她，現在應該更覺得幸福吧？

這次到日月潭住高檔飯店也是他倆策畫，我倆反正跟著玩就對了。晚上泡過湯，在房間喝酒聊天，也許是特別盡興，不知不覺就很晚了，兩個女生都不勝酒力要先睡了；兩個男生卻嫌喝不夠，就丟下太太去飯店的Lounge Bar繼續喝，一直喝到凌晨兩點酒吧打烊了才甘心回房。

也許眞有點醉了，我們兩個弄反了房間，房卡都打不開門，正笑著交換房間時，他卻深深看了我一眼，露出一個曖昧的笑容，我心中一驚：這樣好嗎？他已把我的卡搶過去開了我的房門，我也拿著他房間的卡，猶豫不決的站在他房間門口，心裡還在想：這樣眞的好嗎？

他關上門了。

苦苓說

由於世界上其實沒有「月下老人」這回事，所以我們選擇在一起的對象，也不可能是「客製化」訂做的，難免跟心目中的標準有所差距；就算原先精挑細選的理想伴侶，經過歲月的磨練、人心的變化，也不見得能始終維持一貫的「滿意度」。

為什麼說「老婆是人家的好」呢？也就是這種心態使然，換言之老公當然也是人家的好。可是不能硬搶，也不能去偷人家的，那萬一剛好「速配」，可不可以來個交換呢？只要你們情我們願，好像別人也管不了這件事？

社會上之所以不時傳出「換妻」俱樂部的流言，無非是這種心理的寫照，但男人睡人老婆很樂，老婆被人睡戴綠帽則很衰，所以據說大部分是帶「假老婆」去的，哈哈。

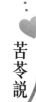

2

三女告一男

現在的法官，眞是越來越難當了。

或者我應該改口說：現在的女人，眞是越來越難搞了。

以我現在辦的這個案子來說：一個三十歲的帥哥小鮮肉，竟被三個女的（而且年紀都大他十歲以上）聯合指控性侵，到底是他太不「揀吃」[7]，還是這三個女的爲了什麼原因，聯合起來整他呢？

查了半天，原來這男的是做直銷的，爲了爭取下線，不惜「動之以情」，或者說「動之以欲」，分別跟這三個女的有了曖昧關係，說起來也算是個肯打拚、有上進心的男人啦，爲了業績，小小「犧牲」一下是應該的。

好死不死，三個女生不知怎麼LINE上了，當然少不得吹噓一下自己的「男人」，相互對照之下，才赫然發現「后的男人」都是同一個，這不是欺騙感情、玩弄女性嗎？太可惡了！告他！

告他也要有理由吧？而時下最「流行」的就是告「性侵」了，於是甲女告男的以解說產品爲由帶她到車上聊天，之後強迫她口愛並且呑精；乙女則說雙方聊天時，男的對她伸手愛撫而且指侵，她因疼痛抗拒，就被男的載到捷運站丟包；丙女也說男的趁推銷產品之便，在行車途中強迫她口愛（這一點倒是相當影響交通安全！）……總之三個被害者同心同德、同仇敵愾，齊聲指控這男的滔天罪行。

老問題又來了：當時爲何不反抗（光天化日）、不逃走（有的車子是停著的）、事後又不報案（且繼續來往）、隔這麼久才僅僅用口頭而毫無證據的指控對方性侵呢？

7：臺語，挑食。

性侵可是重罪，一罪一罰，要關很多年的呀！

三個女的面面相覷，這下也覺得事情鬧大了，也許不忍心男的要去坐牢，甲女居然說：「當時氣氛情投意合，過程是自然反應。」

乙女也跟著說；「當時狀況有點像調情。」

丙女則說當時很害怕，但男的有同意跟她交往，所以她並沒有反抗……

這下好了！反而變成三個人搶著幫男的說情，有點「爭寵」的感覺。甲女還加碼爆料，說這個男的有別的官司，律師還是她幫忙請的——是想突顯「正宮」地位嗎？

這下不用我這個法官出手了，檢察官當場摸摸鼻子，以罪嫌不足，三個案子都不起訴處分。當下三個女人好像才放下心中大石，滿懷歉意的看著那男的大搖大擺離開。

忽然他的LINE一響，他拿出手機低頭看看，又抬頭向法院門外燦然一笑，原來是個年輕漂亮的美眉來接他了。

我摸摸自己的禿頭，再低頭看看突出的肚腩，只有無奈的搖搖頭，感嘆歲月不饒人，青春多吃香呀！

苦苓說

一般我們看到一個女生告男生性侵，大部分都會先入為主，相信女性是受害者，否則如此羞辱之事她怎肯拋頭露面出來指控？甚至指控者往往還戴帽、戴太陽眼鏡、戴口罩……盡量掩飾自己的真面目，可以想見她身心受到嚴重傷害，不得不在無奈與困窘下奮力反擊。

然而時代變了！越來越多女性既不以性交為意，也就不以被性侵為辱，常常在：一、跟對方事後處不好；二、被男友發現了為了自清；三、發現對方另有其他對象（如本案所現）；四、索討其他物資未遂……種種情形之下，以提出性侵告訴做為要脅、處罰或報復對方的手段。

因此我們是否也該捐棄成見，不要以誰告誰性侵就自動同情被害人，咒罵被告人，還是先弄清狀況再說吧！

3 一男劈三女

眞不曉得現在的女人都在想什麼？

以這位柳小姐來說吧，三十四歲，已經有過兩段婚姻，後來認識一個工地的包商，姓溫，大她十一歲，她可能覺得自己都離過兩次婚了，沒什麼條件，所以明知道這個男的連她一共有三個女朋友，卻還願意跟他住在一起。

不只這樣，可能因爲她沒有固定收入，結果這個姓溫的租了一間公寓，有兩個房間，一間就給她住，兩個算是同居就對了……不對不對，這個公寓的另一個房間，就住著他的另一個女友，姓齊，可以說是「二女共事一夫」。

我們分局的同事還開玩笑說，既然兩個女的住在同一棟樓，那一定要公平，一個一三五，一個二四六，禮拜天公休，或者就三個人一起去吃個飯，回來3P……當然是開玩笑的，只是羨慕人家怎麼都會有齊人之福啦！

可是還不只這樣哦，這個姓溫的在其他地方還有房子，給另一個女朋友住，而且這個女朋友還幫他生了一個兒子，也沒有結婚。反正這年頭結婚未必生子，生子未必結婚，大家「歡喜甘願」（臺語）就好，但是這一個「皇后」（因爲有小孩嘛！）知不知道另外兩個愛妃，這我們就不清楚了，也跟我們辦的這個案子無關。

有關的還是柳小姐、齊小姐跟溫先生的三角關係，她們兩人雖然住同一棟房子，但並沒有相親相愛，反而水火不容。例如：幫這個買了電視，另一個也就要一臺，而且品牌、尺寸都要一樣大的才行；這個換了床墊，那個馬上要求也換個獨立筒的，結果這個不服氣，又要換席夢思的……反正三個人經常吵吵鬧鬧的，鄰居都不知抱怨多少次了，管理委員會也沒辦法。

聽管理員說，有一次看到一個女的衣服亂亂的跑出來，不久男的也跟著衝出來，最勁爆的還在後面，另一個女的手拿著菜刀追出來……一定又是三個人「喬」不好嘛！有人就說，男的也不缺錢，幹嘛不在別地方另租一間套房，把兩個女人分開放就好了，每天這樣打打鬧鬧的，根本是齊人之禍，哪裡是齊人之福？

果然禍從天降。這個柳小姐經常在臉書抱怨，不滿男朋友對齊小姐比較好，情緒很激動，昨天下午還在臉書寫說：「都是你們害的，你們怎麼可以這樣對我？」有朋友看到打電話來關心，但她已經跳樓輕生了。

溫先生很快趕到現場，痛哭流涕，承認他們有吵架，但不知女的爲什麼想不開，另一個女的則躲在屋裡哭，都不肯出來讓我們問話，當然她也有嫌疑！誰知道跳樓是自己跳還是被推下來的？我們警察辦案一向毋枉毋縱，只是很怨嘆：就是有這些關係複雜的人來給我們添亂。

苦苓說

嫉妒之心人皆有之，也不要怪女人天生修養不好，而是自古以來女人皆被男人經濟綁架，所以嚴重缺乏安全感。

以這位柳小姐來說，三十幾歲還沒做過什麼正式工作，兩段婚姻主要是靠男人養，後來可能男人靠不住（靠不住有兩種：一沒錢，二花心）而陸續離婚，但她找的還是一個靠不住的男人，不但另有女人和小孩，還把她跟另一女友放在同一樓裡，所謂「臥榻之旁，豈容他人酣睡？」這位溫先生用較優越的社經地位「欺負」這兩個女生，二女也含悲忍辱的接受，在我們社會上也有不少例子。

但人終究不能克服自己的本性，爭吵打鬧的最後，就是絕望的選擇結束自己的生命，這件事給無法經濟獨立的女性一個警醒，同時也警告了「花」得不像樣的男人！

4 我不行了

「我老婆要跟我離婚。」在公司的茶水間哩，Jason端著咖啡杯，一臉憂鬱的跟我說。

「怎麼會？」我驚訝的張大嘴巴，「你是標準丈夫耶！努力工作、菸酒不沾、準時回家、不鬧緋聞、還愛做家事……你已經是二十一世紀瀕臨絕種的男人了，她還不要？」

「那些……都沒有用，」他吞吞吐吐，「男人最重要的功能還是……那個。」

這下可是推心置腹了，我不能再嘻嘻哈哈，「是生理的問題嗎？有沒有去檢查過？」

「去醫院是沒有，可是我聽電視上那個鄭丞傑醫師說的：睡覺前在龜頭貼一圈郵票，第二天早上起床，郵票被撐破就證明我勃起功能沒問題呀！」

「說的也是！」我好像成了福爾摩斯，只是接的案子有點怪，「要不然你們交往那麼久，早就被發現了，那……你是從什麼時候開始……不行的？」

「大概半年吧，也不是沒有做，但每次都失敗，甚至她用手、用嘴幫忙，但眞的要做就慢慢軟掉了……起初她還安慰我沒關係，可能是工作壓力大。可是一而再、再而三之後，她就認定我在外面有人，所以對她沒興趣。」

「欸，這樣講不公平吧！像我老婆也常說她頭痛不想做，但我並沒有懷疑她呀！」

我開始跟 Jason 同一戰線了。

「因爲她說既然生理沒問題，那就是心理問題，至少表示我心裡不愛她了，才沒辦法跟她做愛做的事。」

「那你……」我壓低了聲音，「跟別人做行不行？」

「我有去試……」他的聲音更低，成了氣音，「像按摩店那種，我都可以呀，人家還嫌我做太久呢！」

「那眞的是心理問題了，可是你跟老婆有不好嗎？」

「沒有啊，房子買她的名字，錢也都交給她，我又準時上下班、奉公守法，她有什麼好不滿的？」

「我說的是你啦！」我敲了他額頭一記，「她是不是變胖了？你看到肚子那堆肉就沒胃口？還是你都從後面來，看見兩片大屁股就興趣全失了？」我不是毀謗人家老婆，我可是將心比心，畢竟這和按摩店「青春的肉體」不一樣。

「沒有啊，我本來就喜歡胖胖的、軟軟的，抱起來多舒服，只是每次要做時，我心裡都會出現一個畫面。」

「什麼畫面？你和林志玲？還是范冰冰？」

「別亂扯了！我是說正經的。」Jason 一臉嚴肅，看來就快哭了，「有一次我坐在沙發看電視，她就在電視旁邊，背對著我，直接脫下褲子換衛生棉，好像從那以後，我就……」

「不行了？」眞相大白，福爾摩斯終於宣告破案，但是「兇手」是無辜的，這下子我也自嘆無法可想了。

苦苓說

據說日本一半以上的夫妻是「無性夫妻」，以《失樂園》聞名的渡邊淳一甚至說：「太太是家人，和家人做那種事，感覺像亂倫。」這當然是最無恥的藉口。但話說回來，如果真的只把對方當家人而不當情人，這個婚姻早晚還是會出事的。

畢竟，心靈與肉體的極度親近、完美結合，是一件無可取代、美好的事，也是婚姻中的愛情催化劑。沒有了性愛，夫妻就會落入一種缺陷，好像炒青菜不放鹽似的索然無味，難以持久——這時就難免會想起「外賣」。

問題是外面賣的不衛生，而且風險大，更對不起家裡那一位。與其長期「禁食」，不如兩個人好好商量，如何添油加醋、變化口味，把冷菜炒出一番熱滋味來！

尤其，再熟的人也有些「不該看」的，慎之慎之。

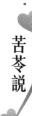

5 都是泡麵惹禍

眞不知道我姐是太聰明，還是太迷糊。

因爲到高雄讀書，我借住在已經結婚的姐姐家，姐夫是個「古意」人，對我也很客氣，本來是平靜無事的。

姐姐的社交生活很簡單，除了一大早到公園跳舞，就是到一樣是透天厝的隔壁家泡茶，我也跟著去過一次，兩對夫妻都很能聊，但都是村里閒事或八卦緋聞，我興趣不大，後來就不跟他們去了，不如在家裡打GAME。

有一天傍晚姐夫開車回家，比平常晚了一點，晚餐時間姐姐問他，他說有個客戶快下班時才來，也不能不理人家，夫妻倆一同唸了那個「奧客」幾句，吃過飯洗好碗，兩人又相偕到隔壁家泡茶。

這次時間比較短，我還沒打到最難的一關，姐姐就上樓到我房間，關了門。

「我馬上好。」我一邊打怪，一邊發現空氣不對，回頭看見姐姐果然沉著臉，好像快哭了。

「我到隔壁家泡茶，看到阿琴高高興興捧著兩碗泡麵，我問她喜歡吃這兩種？她說不是，是人家送的，我問是誰送的，她說是看別人跳舞送的……」

我聽得一頭霧水。

「騙肖！看人家跳舞還有泡麵拿，又不是選舉到了！我跟你講，她拿的一包是維力炸醬麵、一包是眞爽泡麵，就是我們家附近那家汽車旅館送的！」

「這麼巧？那表示她……」我才進入狀況，姐姐已明白宣判，「我偷偷問她老公今天下午回來的時間，跟妳姐夫一模一樣，他們兩個一定有問題，一起去上摩鐵！」

「不會吧？就算阿琴眞的偷人，也不會是跟姐夫，俗話說兔子不吃窩邊草……」

我還沒講完就被姐打斷，「窩邊草才好吃呢！我看他們兩個泡茶時目尾在那裡使來使去[8]，有時手臂還會碰一下，關係絕對不平常，明天你放學跟我去那家摩鐵，我要去調監視器……」

沒想到姐姐還會「科學辦案」，第二天我們一起去了摩鐵，不知用誰的名義還是花了錢，果然從監視器畫面看到姐夫跟隔壁阿琴前一天傍晚一起開車進摩鐵，也有出來的畫面，阿琴嘴笑目笑，手上還捧著那兩碗泡麵。

後來姐姐就去告姐夫和阿琴，可是阿琴的老公也告自己的太太和姐夫，如果各自對自己的配偶撤告，兩個人還是跑不掉要被起訴，沒輸贏[9]，結果送調解成立，兩邊都不告了，一場風波算是平息了下來。

但不久就換姐姐被姐夫告了，原來姐夫也去摩鐵調監視器，發現她和別的男人也去上那家摩鐵，這下子被反將了一軍！我一邊幫姐姐求情，一邊問姐夫怎麼會發現。

他說：「我才在奇怪咧，摩鐵裡有什麼泡麵，你姐姐怎爲什麼那麼清楚？那一定是有去過，還可能常常去嘛！」

8：臺語，拋媚眼。
9：臺語，平手。

苦苓說

隨著女權意識逐漸高漲、女性人格益發獨立，「外遇」這件事早已不再是男人的專利了，而且據說女性外遇的「黑數」更多，真正的數量已接近一比一。換句話說，有多少男人外遇，也幾乎就有多少女人外遇。

問題是男性一般較為自大、粗心，認為自己就是最「讚」的男人，枕邊人怎麼可能會起疑心？而且粗枝大葉，也不會注意自己太太有什麼細微的舉動，別說泡麵了，就算把茶包、咖啡包拿回家，說不定也不會注意到蛛絲馬跡。

而女性外遇一來社會壓力較大，二來也較為慎重仔細，所以被「破獲」的機率相對減少；所以當男人沉醉在小三的懷裡時，當然更不會多注意自己的老婆，此時也可能沉醉在別人的懷裡！

6 愛河的晚上

我們四個人在陳桑的店門口，擺上桌椅，備好酒菜，對著河邊夜景，有說有笑地喝到了凌晨，忽然聽到遠遠的有人在叫他。

是一個有著一頭挑染長髮的女生，穿著長袖的襯衫、短裙加上高跟鞋，看起來身材很不錯，陳桑搖搖頭站起來，幾個人開始鬼叫：

「水[10]哦！」

「莫獨呑哦！」

「叫她過來一起喝嘛！」至少比我們幾個「梲攑梲」[11]好多了。

他們倆就站在河邊的欄杆講話，一大叢紅色九重葛夜裡還是開得很旺，河水裡是流動的燈光。我一邊喝酒，一邊看著這看來美麗浪漫的情景，卻微微有不祥的預感，因爲現場三個人裡，只有我知道那女孩是誰。

她才二十四歲，兩年前認識剛離婚、四十多歲的陳桑，兩個人就在一起了。本來年紀差多一點也不是什麼問題，問題是女的不小心懷孕了，陳桑堅持要她拿掉，因陳桑自己還有兩個小孩都還小，開的店生意又不是太好……最主要的是，他一點也沒有要結婚的意思——十年怕草繩吧？

女的倒是乖乖拿掉小孩了，但從此就不太正常。常常在深夜喝醉酒之後就來找陳桑，又哭又鬧，還好陳桑的店在河邊，附近也沒有居民，像現在兩個人聲音已經激烈變大，也都淹沒在車聲裡吵不到什麼人。只是害得我們不能專心喝酒，有人提議要不要過去勸，被我伸手擋住。

10：臺語，漂亮。
11：臺語，意指都是男人。

像這樣大吵對雙方都很傷，所以半年前兩個人就說好分手了。照理說女孩還年輕長得又不差，不難找到對象，偏偏她對陳桑不死心，每次半夜跑來（也都喝醉酒，我懷疑她在那一類的地方上班）就和正在關店的陳桑哭鬧，有一次還帶著美工刀，當著對方一刀、一刀的割自己左腕。

陳桑被嚇壞了！畢竟刀子割到什麼人都會流血，何況若讓一個女生死在店門口，那不只是麻煩而已，對自己兩個小孩都不知怎麼解釋……

「所以陳桑後來還去申請家暴令以防萬一。」反正大家無心喝酒了，我就把前因後果講給另外兩人聽。

「這樣也可以申請家暴哦？」

「其實應該說是禁制令，不讓對方接近……」

「那也沒用啊！像現在這樣，難道去報警嗎？」

三個人得到共識的一起點頭，乾了一杯。突然看見那女人一下子翻過欄杆，跳進河裡。

「喂！要出人命了！」

「不得了！」

我們一邊衝過去，一邊看那女生半截身體還在水上，顯然是水不夠深，但她一直往前走，眼看陳桑也跳過欄杆要去救她，被我一把抓住：「你不會游泳，你要幹什麼？」

「難道見死不救嗎？」

他看看我們三個，我們也猶豫了（我是完全旱鴨子，另兩位不詳），他還是轉身「撲通」一身跳下水了。

等我們報了警，把他們兩人救起來時，都已經死了。

苦苓說

明明是和「羅密歐與茱麗葉」、「梁山伯與祝英台」一樣感人的愛情故事，為什麼看來卻是如此的不堪，甚至令人難過？是不是要時空的距離夠遠，與我們無關痛癢的他人愛情，才會有看來浪漫而不是悲慘的感覺？

有些人（尤其是女生）特別執著於「痴」情，總認為我只要永遠不放棄的愛一個人，對方就沒有理由不愛我。果真如此，天下就沒有不會成功的愛情了！但矛盾的是：如果你愛得要死的人，也對另一個人愛得要死呢？那麼到底誰會成功？答案是：都不會。

一個你「沒有了會死」的東西，你就沒有資格擁有它，那會讓你的生活、生命都受到別的力量主宰。愛情再了不起也只是一場競賽，有贏就有輸，輸了也死不了！

7 姐弟戀不戀

我也沒想到Nancy會看上比她小十五歲的男生。

男生是他爸爸王董帶來的，據說是爲了慶祝小孩「轉大人」，帶他出來「見世面」——一般這種應該會直接帶去可以「交易」的地方吧，怎麼會想到來我們Piano Bar？

結果那天晚上是Nancy彈琴唱歌，王董也上臺唱了一首，賞了一千塊小費，我們就起鬨要王小弟上去唱，他被迫和Nancy合唱了〈屋頂〉，兩人含情脈脈的對望，還眞像那麼回事，不過男十八歲、女三十三歲，誰也沒想那麼多。

沒想到兩個人一見鍾情，居然就在一起了。王家父母當然都反對，王董事業忙，大部分時間是王母出面，用LINE和Nancy聯絡好幾次，一下稱自己有黑道關係，一下又傳不明槍枝的照片，還寫說「當我傻子沒關係，我會讓你看到瘋子」……Nancy拿給我看，我也覺得她頂多是和小鮮肉玩玩，不必認眞，乾脆就回對方說兩人已經斷了，息事寧人。

沒想到王小弟爲了這樣，竟然輟學，而且離家出走了！看來這個小朋友是玩眞的，據說他跑到一家服飾店去工作，也和Nancy持續交往。我認眞問過Nancy，一個剛成年的小男生有什麼魅力，以Nancy的閱人無數，應該不至於眞的暈船吧？

「可是，你知道年輕的肉體眞不得了，天天要，有時一晚還好幾次；而且他又聽話，感覺可以自己來塑造一個好男人，而不是期待去哪裡碰到眞命天子；再說，他都爲我退學、離家了，我也不能表現得太無情是不是？兩個成年人你情我願，誰能管我們？」

王母可還沒放棄，又找Nancy到公園談判，說要王董找人來揍她。Nancy一氣之下，連同先前的LINE和談判錄音，一起拿到法院告王母恐嚇，王母唯一能抗辯的只有兒子不斷退步的成績單，法院還是判了王母恐嚇罪成立，雖然並不用坐牢，但這下可真惹惱了王家父母。

有一天Nancy請假沒來上班，我打電話去問，輾轉才知道她被人潑了硫酸，左手臂和半邊臉都受傷了，當然懷疑是王家幹的！當然也沒有證據！一個小夥子潑了硫酸就跑了，監視器也沒拍到，警察搖搖頭，問她要告誰嗎？她在病床上苦笑地看著我，又轉頭看王小弟，他在床邊緊緊抓著她的手，一臉擔憂與氣憤。

後來他們倆就搬到一起住了，Nancy戴上白色長手套、長髮蓋住左邊臉頰，繼續到我的Piano Bar來表演，而她的小男友緊緊跟在旁邊，桌子底下還藏了一根棒球棍，雖然我相信不會有人敢到我店裡惹事，但還滿爲這個男孩感動的，他是爲了捍衛得來不易的愛情吧！

有一次王董自己來，他們倆都不在，王董拿了一疊鈔票給我，要我幫Nancy加薪。

「鬥不過這個小孩，只希望他過得下去，有一天想開了，應該會回來吧？」

苦苓說

青少年十七、八歲時血氣方剛，荷爾蒙推波助瀾之下，很容易對異性產生衝動而自以為是的「愛」，更願意為這個愛付出一切、不惜犧牲，看在父母眼裡當然不以為然，但往往越阻止越造成反彈，因為這正是他要塑造自我人格的「叛逆期」，本來沒事就要叛逆你了，何況你們還阻礙他的「真愛」？

這時候什麼社會觀、價值觀、道德觀都丟得遠遠的，眼裡、心裡只有他的所愛。而大他十幾歲的女人難道就不可能真的愛他嗎？那也難說，如果男的大十五歲就不會有人懷疑了吧？可見得在大家的心裡，男女還是不平等的。

只能說，我們祝福世界上所有的愛情，而選擇越艱難的愛情，就越要承受得起更大的傷痛。

8 志願新娘

他們在藝術廣場上舉辦典禮。

全場的人都在歡笑，新娘尤其笑得春花燦爛，只有一個人不笑——新郎。他始終板著——嚴格說是呆著一張臉，叫他走就走、叫他站就站、鞠躬就鞠躬，完全像一個傀儡。

與其問新娘爲何要嫁他，不如問好好一個脣紅齒白、聰明伶俐的大學生爲何會變這樣？他是因爲同住的室友割喉自殺，而且用血跡染滿整個房間，又寫上許多絕望悲慘的句子……他回來開門一看，受了重大的驚嚇，從此就變成這樣，一般人說的智障的樣子，智力大約退化到五、六歲吧！

他不能上學，也不回家（還是家不要他？），經常在藝術街閒逛，商家都知道他悲慘的經歷，多少供他一些吃食，而住則由安安提供。安安自己在街上開一家小茶鋪，有多餘的空房間，他雖幫不上什麼忙，掃掃地擦擦桌椅還是行的，對快四十歲還單身的安安來說，多一個人也比較放心。

結果根本沒有用，有一次有人來賣「兄弟茶」（就是帶著手槍，要你買一盒一萬元的劣質茶葉），他非但不能挺身保護，反而躲在她後面發抖。

後來她也不再期望別的，就像媽媽帶小孩一樣，慢慢地教他懂事、算數、識字，他也就漸漸變「聰明」了一些，像一個孩子重新長大，街坊們也都替他高興。

但他家人卻出現了，要帶他回去住精神病院，那就更不可能復原了！大家商量半天想不出辦法來，畢竟那是別人的孩子。

「有辦法，」安安表情堅毅，「我嫁給他。」

「這樣行嗎？他有表達能力嗎？法律上接受嗎？」

「他是成年人，我問他，他只要說願意就可以了，你們來作證。」

大家簇擁著到安安的茶鋪，他一看到一大群人，先是畏縮了一下，後來發現都是熟悉的人就沒動，安安問他，他馬上說「願意」，眾人鬨然鼓掌。那時結婚還需公開儀式，於是大家規畫了一個半中半洋、半傳統半新潮的婚禮，還加上好多表演節目，有武術、有吟詩、有彈琴、也有跳舞……變成了一場熱鬧的晚會，連街上很多遊客都來共襄盛舉。

他的家人知難而退，我們都覺得安安了不起、犧牲那麼大，但這個丈夫在床上「堪用」嗎？她偷偷告訴我們還不錯，只是需要做一動教一動，那也還值得慶幸吧！

但我比較多事，總覺得安安的笑容裡帶點苦澀，而他常常眼神迷惘，好像把自己的靈魂遺落在了什麼地方。

後來我離開藝術街，多年後才回來造訪老店家，他們說他還是沒熬過去，前兩年割腕自殺死了，成了寡婦的安安關了茶鋪，從此不知去向。

苦苓說

愛情與同情有時候缺乏明顯的界線，既然是「情」，就有著對人的好，而為一個人付出、委屈乃至犧牲，不見得都是負面的，有時候反而會造成正面的影響。正如《小王子》裡所說：「你為你的玫瑰花所花費的時間，使得玫瑰花對你變得那麼重要。」

而一旦這種「聖母」情結發作，女孩子會覺得不管對方的狀況再糟、再壞、再無可救藥，她都有辦法「改變」對方，讓對方「變成」她心目中的樣子，但「成功」的機率其實並不大。一個人能有多大的正能量來對抗、消弭乃至轉化源源而來的負能量呀！難保不以悲劇收場。

最後的安慰只剩下「至少我付出過了」，那倒是，用你的半生換取一段快樂（甚至幸福），到底值不值得呢？

9 誰的世界末日

世界末日的時候，你要做什麼？

二〇一二年十二月二十一日，是馬雅文明曆長達五千一百二十六年周期的結束。在學校當替代役的舒哥，告訴我這一天會發生災難性的變化，不管是太陽風暴、隕石來襲，或地球磁極反轉……反正這都是每個人的最後一天，要好好把握。

不管是不是世界末日，把握每一天是很重要的，舒哥果然也身體力行，和他服務學校的一位志工家長，上了床。

這位志工家長已經四十七歲了，大舒哥快兩輪，我也不曉得舒哥是看上這位阿桑的哪個部分，居然約她去賓館，還說：「想跟妳一起度過世界末日。」

事後他告訴我時，我差點把嘴裡的酒噴出來，這種「浪漫」的話騙騙小女生或許有效，怎麼可能打動一個過了半生的阿桑？我想她「哈」的是舒哥練得還不錯的身體，而舒哥竟然也「吃」得下去，想必這阿桑也有過人之處……

反正這一切原本跟我無關，茶餘飯後聽舒哥像笑話一樣講給我聽就好，沒想到他們倆個人居然被「捕獲」！

不曉得是不是太明目張膽了，還是有別的阿桑看不爽去告密，反正他們被阿桑的老公在MOTEL裡當場逮到，一狀告到法院去，這下舒哥不太「舒」服了！

好友有難，我當然義不容辭，陪他出庭，舒哥強調和阿桑只是同事、朋友關係，還叫我製造「不在場證明」，說那天和阿桑去MOTEL是別人不是他。他的律師更搞笑，居然說兩個相差二十三歲，不可能發生不倫戀，我就知道這種免費的「公設辯護人」沒什麼眞材實料。

但聽到舒哥否認，阿桑發火了，本來她也可以矢口否認，反正對方也沒拍到什麼照片、拿到什麼證據，但她可能不甘受辱吧！竟然承認了跟舒哥有染，是舒哥說要「陪她度過世界末日」，才一起去MOTEL，她還記得因爲聖誕節快到了，賓館裡還裝飾了雪人和麋鹿……說這些也就罷了，看舒哥拚命搖頭，阿桑一急，居然說舒哥「下面比較小，比我老公的小，而且旁邊還有一個疤」！

這下舒哥臉色大變，法官當庭勘驗，還調出兩人的通聯紀錄跟銀行繳費紀錄，確認他們倆確實在MOTEL發生關係……舒哥的臉色氣得由紅而紫、由紫發黑……

最後法官認爲舒哥的證據不足採信，犯後又無悔意、態度不佳，且未與阿桑的老公達成和解，判了四個月，可以易科罰金，阿桑因爲她老公不追究，也就沒事了。

現在唯一有事的是我！因爲我幫舒哥作僞證說他不在現場，所以檢察官要告發我僞證罪。

天啊！我只是幫好朋友的忙，說一個「善意的謊言」而已，沒想到成了唯一可能坐牢的人，我才是世界末日呢！

苦苓說

時代不同了，人在性的Range上變得很寬、很大，即使相差二十三歲，而且是女大男小，一樣可能「出事」——而且這其實是最「理想」的組合，對女的來說，年紀大的男人可能已經無法滿足她，或根本置之不理了，也只有這樣血氣方剛的男生，才能夠對已經不再青春的肉體產生欲望。

難怪日本家庭主婦外遇的主要對象，不是大學生就是年輕的業務，這種關係看來也最安全——可以說是請家教學外語，也可以說是網購貨物請對方送到府。

但是「若要人不知，除非己莫為」，若要人不知除非己莫為，除了自己不要「不倫」，也不要跟別人瞎攪和，到頭來爽的是別人，關的是自己，不亦冤枉哉！

10 新四角關係

如果一個案子裡四個當事人都是被告，要怎麼辦呢？

事情要從這個J夫開始，他和太太J妻都是職業軍人，結婚後聚少離多，J夫的外貌身材又都不錯，婚後幾乎是拈花惹草未曾中斷，很快就被J妻抓包了。

不過J妻寬宏大量，要求J夫簽下改過切結書之後，並沒有對老公和情婦提告，而且兩人經過一番努力，還調到了同一個單位，從此近水樓臺，夫唱婦隨，同袍們都還頗覺羨慕，畢竟生活作息都能相同（尤其是軍人）的不多。

不料夫妻倆春節出外旅遊時，J夫開始發現J妻舉止有異，老是偷偷的在滑手機，而且機不離手，連洗澡也帶進浴室……

終於J夫逮到機會，偷看了J妻的手機，原來裡面充滿了「老公」「老婆」「愛愛」「好想」等親密對話，更青天霹靂的是，對方竟然是自己的H姓同袍！J夫放假，H夫留守，卻與J妻大發曖昧簡訊，是可忍孰不可忍，J夫二話不說，也不懷想當初J妻的諒解，直接就拿著證據向法官判請離婚，而且一審竟然就准了。

J妻當然否認外遇，就向法官上訴，辯白說和H夫的曖昧對話，只是朋友間的關心，開開玩笑、打打嘴炮而已……這話可不可信還很難說，但J妻竟也拿出了J夫的對話紀錄，他也有勾搭的對象，在LINE裡面要對方快點來親他……而且最離奇的是，J夫這次外遇的對象不是別人，正是太太的情人H夫的太太H妻。

哇！這下變成了四角關係，兩兩勾結，糾纏不休，那J夫又做何解釋呢？豈不是做賊的喊抓賊嗎？但J夫說是因爲J妻與H夫搞曖昧，所以他故意去認識同袍H夫的太太H妻，否則他「本來」也不會喜歡H妻的！

這麼說來，輕易「入網」的H妻只是J夫的報復工具嗎？H夫知道了是否會大爲光火，或者自覺遭到報應呢？H妻也明知J夫是自己老公同事，「花名在外」，又爲何輕易縱容自己引火焚身呢？會不會她其實也早知H夫與J妻的不倫關係，所以故意和J夫親近、利用他做報復工具呢？看來這件事情不把「四造」都叫來，是怎麼樣也講不清楚的。

J妻首先發難，表示她願意原諒丈夫和H妻的曖昧，但H夫則揚言提告J夫與H妻妨害家庭，J夫則威脅要反告J妻與H夫妨害家庭在先，但J夫已與J妻離婚，這一狀告不告得成還很難說……法庭上一片混亂。

最後合議庭提出：J夫妻都是職業軍人，對於忠誠應該標準更高，如今無法忠於配偶、那要如何忠於國家？所以判定雙方婚姻有重大破綻，判定離婚確定。而H夫妻如不互相提告，還可相安無事，回家「彌補」看看。

苦苓說

在這個外遇已經是「常態」的時代，能夠「倖免於難」的人不多，每個人（尤其是軍人）都要抱持「小心！匪諜就在你身邊」的警覺，最該提防的就是常在身邊的熟人，所謂「朋友妻，不可欺」，但後面還接著一句「一兩次，沒關係」，有時候，最危險的地方最安全，反之亦然。

外遇的形態包羅萬象，有日久生情的、有一時迷糊的、有飛蛾撲火的、也有藕斷絲連的……但有一種最「被動」的，就是報復性的外遇：你讓我痛苦，我就讓你嘗嘗一樣的痛苦，至於到了「你睡我老婆，我就睡你老婆」的境地，可能要勇敢堅強的革命軍人才能做得出來！

其實所有的外遇必將結束，如不主動結束就是被動被抓，只要稍微想想對方心靈上的極大痛苦，就應該立即懸崖勒馬！

11 陽光與小雨

老實說，那時候我們全部的男生都很「哈」小雨。

小雨披著一頭亮麗的黑髮，面容潔白純淨，講話細聲細氣，動作溫和優雅，一襲白色長裙像在校園裡用飄的一樣——大概可以用《倩女幽魂》裡的王祖賢比擬。

但她不是妖怪，她只是我們一群臭男生，誰都想追，但誰也都不敢先動的對象，別說自嘆不如，根本自慚形穢，她那種出塵的樣子只有和一個騎白馬（或開白色超跑）

的高富帥（以及很有學問，小雨可是中文系的才女），才配跟她並駕齊驅。

所以阿陽出現的時候我們都很驚訝，他讀夜間部，白天在做木工，長得瘦瘦的，白白淨淨的，一點也不像個工人，而且他幾乎不講話，只是一對眼睛亮亮的看著你，看不上別的為他動心的女生，倒是看上（或被看上了）小雨。

大家都覺得他們倆再「適配」不過了，紛紛表示祝福，大家也因此解了心結，比較敢於接近小雨，發現她聲音雖細卻很健談。她說再一年都畢業了，到時她想和阿陽一起在藝術街坊開一家咖啡店，店名就叫作「陽光和小雨」，店裡的木造都由阿陽親手來做，而她則打點布置一切……聽著聽著，我們眼前彷彿已出現了這家小小的、素淨而幽雅的咖啡店：阿陽帶著微微地笑，默默在櫃檯後面煮咖啡；而小雨則飄呀飄的，把一杯咖啡和萬種風情送到客人面前。

開店的美夢還未成形，阿陽就死了。

「據說是中暑」，他的工頭打電話來學校這麼說。消息像捅了蜂窩一般哄散出去，沒有人相信，沒有人能接受，阿陽那麼一個年輕精壯的男人，哪有做木工就中暑的，而且中暑誰沒中過、也沒聽過會死人的（那時還沒發生洪仲丘案）……尤其這麼好的一對男女，理應得到全世界祝福，卻受了這樣的詛咒。

「不然就車禍，」一個女生哭得慘兮兮的，「說是車禍過世我也比較甘心，哪有中暑……」

但不管怎樣，人就是死了，聽說他南部的家人來帶回遺體，不知有沒有告別式，反正同學們都沒接到通知，也沒人敢去問傷心欲絕的小雨。

就這樣，黃昏時再也看不見他慢慢地走進文學院，和小雨的影子疊印在一起（那時小雨都陪他上夜間部的課），兩個人緊緊相依，感覺像是用強力膠黏著似的——卻不料被命運輕易拆散。

畢業典禮過了，我忍不住去看小雨，她已把簡單行李整理好，正要拿去郵寄，我一看見她憔悴失神的樣子，就忍不住抱她，旁邊走過幾個學生，我有點心虛地拍拍她的背，放開她。

她幽幽地說：「你們眞好，都來看我，還給我擁抱，但是……」她深深看進我眼裡，「沒有一個是眞實、用力的關切，讓我可以依靠一下也好，你們都是同情。同情，我最不需要……」

苦苓說

世界上到底有沒有天作之合呢？

也許有時候我們會看到，兩個人相配得不得了，好像天生就該注定在一起似的。印度神話不也說嗎？上天造人，一次造兩個，一男一女，這兩人終生尋尋覓覓，最後以吻結合（此為神話，不代表本人立場）。

所以可說，我們一生都在尋找適合的伴侶，有時候人不對；有時候人對了，時間卻不對；更有時候時間對了，人已不知何處去了。

而性情的相異、價值觀的不同、長久相處的疲乏，乃至平空闖入的第三者，這些破壞的因素都是有辦法克服的。只有命運，對愛情來說，命運是打不倒的敵人，「人生自是有情痴，此恨無關風與月」，真的是這樣！

關於愛的「千百種樣態」

1 分手的理由

我沒想到他們會分手，更沒想到會是這麼公開的分手。

社團這個月的例會，大家正在西餐廳的包廂裡喝得酒酣耳熱，被視爲本社「最登對」的一對金童玉女，卻悄悄在靠牆處站了起來，「叮叮」，輕輕地敲打玻璃杯，聲音極微弱，大家卻都不約而同噤聲了，一片沉默，好像在期待一個重大宣示。

宣示果然重大，「玉女」說：「我們兩個說好要分手了。爲了讓大家了解，避免日後不必要的誤會，所以選在今晚各位好朋友相聚的時機，公開向大家報告。」

聲浪像鍋子爆炸般譁然而起，人人都在交頭接耳；個個都在竊竊私語。「金童」站在旁邊，面露僵硬的微笑，仍然讓對方繼續發言。

「我知道這裡有很多朋友，是我在跟Alex來往後才認識的，」意味深長地看了旁邊的他一眼，繼續平靜的說著好像是別人的事，「但也都成爲很好的朋友了，我希望不要因爲我們的分手，我就失去這些寶貴的朋友……」很多人點頭，尤其是男生，「希望我還是可以跟大家繼續做好朋友，千萬不要封鎖我，不然我會傷心的……」裝出傷心流淚的樣子，引起小小的笑聲。

「可以呀，但是說一下分手的理由吧？」有人唯恐天下不亂的問，卻也有不少人點頭附議，人人愛八卦。

「就是……我們在一起也好幾年了，感情一直沒什麼進展，」這倒是眞話，我早覺得他們雖然在演金童玉女，其實貌合神離，「最近我有機會認識了某個男生，很吸引我，我想和他交往看看，」哇！這不是拿美工刀刺對方的心嗎？Alex的表情倒沒什麼變化，表面上的風度還是不錯的，「但我不想被認爲腳踏兩條船，所以我們協議分手，我再去跟別人交往，這樣對彼此都比較公平……」說著說著，她眼中卻含著淚，大家也不知如何是好，總不能鼓掌叫好吧。

有幾個男生主動走過去，給她安慰的擁抱，她也熱烈的回抱，似乎在確認不會失去這些朋友……不久後，現場所有的男生，包括一向害羞的我都抱過她了，這是本社最美的女人，覬覦許久了，今天總算名正言順。

女生倒是沒有一個靠近她，心想連金童都可以公開不要，大家可能都有點羨慕嫉妒恨吧？但也沒人去抱這個剛剛被分手的金童給點安慰，是無情呢？還是心虛？或者在心裡說：「活該你找最美的，現在被甩了吧？」

大概只有我知道Alex一點也不難過，其實他之前就找過我，說想跟她分手卻又不知道怎麼開口。而她說得好，「想交往看看」，既不是無緣無故分手，卻又不會擔上變心的罪名，一副泫然飲泣的樣子更加會令人（至少是男生）不捨。

不愧是一對金童玉女，連分手也分得這麼漂亮，值得乾一杯。

苦苓說

男女在一起久了，再多的歡愛之情都難免「彈性疲乏」，彼此在這時就變成了雞肋，「食之無味，棄之可惜」，如果不懂得「加味」，恐怕很難再維持感情。

此刻分手當然是最明智的選擇，偏偏又沒有人願意擔上「主動分手」的惡名，因為那等於「薄情」、等同於「變心」、近似於「劈腿」、又或者「喜新厭舊」，總而言之，一句「在一起都那麼久了……真沒良心！」少不了。

那就只好「等呀等，望呀望」，等到終於形同陌路，等到終於大吵一架，或者等到對方先被「抓包」，才表面上心不甘情不願，其實內心暗叫「YES！」的分手。

能這樣公開、大方、理性而和平的分手算是很好的，倒是效法之前，還請自問：主動分手的勇氣，你有嗎？

2 假面情侶

我實在沒辦法拒絕好朋友的邀請，雖然……

之前和女友Alice陪他們夫妻兩個去了紐西蘭，因爲我在那念書，右駕很熟練，等於是司機兼導遊，四個人都玩得很盡興，相約下次再來。

再來他們這對保險界的高手就沒那麼多空了，三擠四擠後只擠出三天假來，計畫去武陵農場，仍然邀我們兩人，這回就不是地方熟不熟的問題，而是人已經混熟了，一輛車上一路說說笑笑，白天看風景、晚上喝酒也有趣多了。

我和Alice商量了很久，她本來不願意，可是又聽說武陵農場滿好玩的，何況自己開車去行程可以自主。老實說，那對夫妻是很好的玩伴，隨和又大方，對行程吃喝都沒意見，算錢時也不會計較……我用了洪荒之力勸服Alice，並向她保證，她才勉強點了頭。

果然玩得很開心，車過了雪山隧道就是一片青山綠水，感覺我們像水泥叢林逃出來的四隻怪獸，對如世外桃源般的新天地充滿興趣，一下子停車買胡椒餅，一下子停車吃魚丸湯，看到路旁整排的阿勃勒（又叫黃金雨，顧名思義）更是興奮得又叫又跳。兩個女生像好姐妹般不斷自拍、互拍，兩個男的則相視而笑，滿足女生乃是我們最大的快樂。

但在車上時還是有點不同，我和Alice不再那麼有說有笑，反而是女生跟女生嘰嘰呱呱，談什麼瘦身操、保養品，後來乾脆換位子，她們倆坐後面，我和好朋友在前面默默聽著ICRT，偶爾討論一下車子，例如：他這輛水平對臥引擎有什麼不同，他說也搞不清楚，看外型不錯就買了。

到了武陵農場，他老婆的習慣是有「地名」的地方一定要合照。倆倆合照，再四人合照，他們合照時笑比春花，我和Alice以前都會擺出怪姿勢合拍，這次卻像兩個木頭人似的站著不動，立刻遭到指責，乾脆抓起她來個新娘抱，他們倆起鬨說我等不及了。我後來看他們的手機：照片裡我撇著嘴，她翻著白眼，簡直像土匪強搶民女。

走完步道、吃完晚飯，回房間才是考驗，我說要洗澡，長褲脫了一半才停住，匆匆帶著內衣褲進浴室，洗完澡穿好長褲才出來，畢竟和以前不一樣了。Alice也是，她以前最喜歡在臥室脫光衣服才進浴室的，這次也很不自然的抱了一堆衣物才進浴室……唉！今非昔比，誰叫我們已經分手了，卻又瞞著他們兩人出來陪玩，眞的有些尷尬。

到他們房間喝完酒回來要正式就寢，我望著一張大床，又看她一身米奇的睡衣，「那……都這樣了，要不要？」我試探著，怕她把拖鞋丟過來。

沒想到她嘆了一口氣：「好吧！下不爲例哦。」米奇睡衣頓時飛到我臉上。

這趟武陵農場四人之旅還是値得的，我在心裡點點頭。

苦苓說

男女在一起，不容易；想不在一起，更不容易。

在一起很容易被大家知道，再不然找個朋友都在的場合「昭告天下」，或者乾脆省房租水電，搬去一起住，大家就知道你們「在一起」了。

可是「不在一起」好像很難。「公告周知」？沒事找大家來，報告說你跟誰分手了，鐵定被罵神經病勞師動眾；但若不講清楚，你跟另一個一起出現時，立刻會被投以「帶小三」的眼光，甚至也有人會好心密報：你的阿娜答在哪裡跟別人如何如何，你可別蒙在鼓裡……

光靠FB上的「狀態」是無法人盡皆知的，或許就保持這種曖昧的狀態最好，反正這已經是個不太講究「忠誠」的時代了。而且，「思念總在分手後」，不是嗎？

3 好在是我

F的老婆來到公司附近，不是找F，而是找我到樓下的星巴克，我就知道事情有點不對了。

我可以算是他們的「家庭朋友」吧！因爲三十好幾了還單身，只要是節慶假日都會被他們夫妻邀去家裡玩，兩個小孩也和我這個「帥哥叔叔」（這是我強迫他們叫的！）處得不錯。

不過今天他老婆特地來找我，鐵定有大事。

「我懷疑他有外遇。」開門見山，才點完飲料都還沒去拿呢！她已經迫不及待的說了，表情很堅毅。

「是哦！……會嗎？」我只能含糊其詞，夫妻兩個都是我朋友，我偏哪一邊都不對，還得用緩兵之計，「爲什麼妳會這麼想？有明顯的證據嗎？」

「他手機二十四小時不離身！」這個指控果然強而有力，這個F，做的也太明顯了，手機不是有指紋辨識嗎？何必抓那麼緊，反而引起疑心，「還有他到陽臺上抽菸都抽好久，說是等煙味都散掉才進來，但有次我明明看到他在滑手機。」

「他就是手機上癮、依賴症嘛！其實我也差不多這樣，」我只好跟著淌渾水，「只是我一個人，沒人管我而已。」

「你不用替他講話，」她臉色凜然，「他跟對方LINE的內容我都看過了，什麼好想你、睡不著、好想再來一次、只有你知道我的孤寂……這不是外遇？什麼叫外遇？」

「那……」再辯護下去我就變成共犯了，「可是他的手機不是有指紋辨識嗎？」

「那還不簡單，等他睡死了我抓他的手……」

「但妳又不知道他用哪根手指？」

「一共不過十根，一根一根試不就行了！」

我心想，F也太好睡了，不過他一直是這樣。

「咦？你怎麼知道他手機有指紋辨識？」她忽然眼露兇光，顯然有把我當共犯的意圖。

「拜託，哀鳳6S，我們兩個一起買的，怎麼不知道？」

「對啊，你們那麼要好，會不知道他的外遇對象嗎？」

此話一出，我感覺好像被套住了。

「手機上沒有寫名字嗎？」

「沒有，就一個BABY，你們公司有女生外號叫BABY的嗎？」

「那倒沒有，妳怎麼知道是我們公司的？」

「他LINE裡面有說，有次開會老闆發脾氣，他還安慰那個女生。」

「哦，那就不難查了，公司有可能的女生不多……」

「對，而且是單身的！因爲她說她不想再一個人睡了……賤女人！」

她聲音變尖了，有幾個客人看過來，我急忙按住她的手。

「不要急，我幫妳查，我也會勸勸他，或許只是打打嘴炮，並沒有眞的怎樣，也許還來得及阻止。」

她的眼光不再有殺氣，點點頭喝咖啡，我可沒心情喝，這個F如此大意，根本沒有好好保護我，眞是太不負責任……

苦苓說

一切總從懷疑開始，而以確認告終。

時下對婚姻最大的威脅，就是第三者了。而且第三者的形態越來越複雜，有的只為錢，有的只想玩，要「認真」威脅到婚姻的還不見得很多，對於做太太的來說，根本防不勝防，既然不能整天盯著老公，只好從「明察」變成「暗訪」——偷看老公的通訊軟體。

有百分之六、七十的外遇都敗在這上面，因為「凡走過的，必留下痕跡」，既然是偷情，不講點曖昧、浪漫的情話似乎說不過去，而這些對話又很容易被逮，成為間接證據，至於是否能「落實」成罪就不一定了。女人即使再「坦白從寬」，男人還是會「死不承認」。

更何況：「假想敵」越來越多了，不只女的，還有男的。

4 強暴疑雲

這是我的好友MS在今晚對我的一段自白：

老王呀！我跟你講一件怪事：我不是說跟女朋友分手了，這種事我已經熟能生巧了。只是這次碰到這個妹很不一樣，反正兩個人都膩了，我老婆又抓得緊，那就分吧。

在LINE上面說好了，我忽然另有想法，問她既然和平分手，那麼來個分手炮怎麼樣？是色沒錯，男人哪個不色？多打一發又不會有什麼損失，沒想到她竟然答應了。

我就和她約在常去的MOTEL，結果一進房間她就說既然是最後一次，那就來點不一樣的，她要我強暴她。咦？這傢伙是不是A片看太多了？我說怎麼強呀？她把浴衣的帶子解下來，叫我把她兩手綁住。

我奉命一開始綁，她就大叫：「你綁我幹什麼？不要！」

我直覺回答：「不綁妳怎麼強暴妳？」

就在她一聲聲「不要」中把她綁緊了，正要解釦子時，她用嘴型告訴我「撕開」，對吼！是演強暴耶，我幹嘛那麼客氣？啪一聲就把她襯衫撕成兩半，她又大聲尖叫，反而更激起了我的獸性，用力拉她褲子，她卻又不配合了，大概是想增加情趣吧，我只好背對著坐到她身上，硬抬起她的屁股，把內、外褲一起扯了下來，她的雙腳居然開始亂踢，差點踢中我腦袋，簡直就是一頭野馬，我非馴服妳不可！我轉過身用力拉開她的雙腿，不顧一切的往前衝，她慘叫一聲，大概是很痛吧，其實我很少這麼粗暴的，還不是應「客戶」要求嗎？我一邊衝刺她一邊罵我，說我沒良心喪盡天良強暴弱女子——還弱女子咧？她兩條腿用力地想夾住，我費好大力才撐開，都把她大腿抓得瘀青了。

「你變態！」

她忽然又大叫，我下意識的一巴掌打在她臉上，沒想到她更興奮了，扭動著全身，害我受不了差點就「繳械」了。效果既然這麼好，我又打了她幾巴掌，打得她臉都紅腫了，竟然開始哭訴：「你強暴我、你還毆打我、你不是人……」也不想是她把我搞得獸性大發的，我不管了！用力把她翻過來，她卻掙扎著想爬走，又被我用力抓回來。

「想逃！沒那麼容易！」再一陣猛衝。

她受不了了，慘兮兮的問：「你什麼時候會放過我？」

「等老子爽了自然會放過你！」

於是我一直衝，她一直哭，而且是那種放聲痛哭的哭，也未免演得太像了，這麼久以來我還不知道她有這個天賦、還是嗜好呢？反正等我攻頂完，她還在哭，還罵我禽獸強暴她，我說強暴了妳怎麼樣？妳告我呀！

我聽到這裡，終於發現不對了，馬上打斷MS的敘述：「然後她是不是起來拿手機？」

「對耶，你怎麼知道？」

「該死！你被她錄音了，強暴、性侵，罪證確鑿！」
「怎麼會？是她主動的。」
「你又沒證據是她主動！等著她的電話吧，這下不花你幾十萬才能擺平，我輸給你！」

苦苓說

分手是男女之間最困難的事，分得好天下太平，散了一對怨偶，或許成就兩對佳偶；但若分得不好，除了到處說對方壞話那也還罷了，最糟糕的就是糾纏不休，尾大不掉，甚至拿著刀子或汽油桶強逼復合，女性為此受傷、送命的不時在新聞裡可以看到，真的不要小看分手這件事！

而男人，尤其是偷吃的男人更要小心，現在的女生已經大大「進化」了，從前可能相信你的謊言（我的婚姻不幸福！我太太都不了解我、我們正在辦離婚），想盡辦法、受盡委屈等待「扶正」的一天；現在卻可能只不過跟你玩玩，等你或她不想玩了，也不該說走就走、白來一場，好歹撈個十幾二十萬的，就當是遣散費、或是她的創業基金吧！

5 我的情敵

我從來沒想到：一個女人會變成我的情敵。

我在永康街開一家小咖啡店，隔壁是一家賣韓國服飾的店，原本我以爲老闆是男的，剪平頭，一臉兇相，身材壯碩，乍看有點像導演王小棣，仔細看才知道是個女漢子。

女漢子不只這家店，好像在公館夜市還有一家，所以通常顧店的都是請來的工讀生，重點是，都是長髮美女。

我既然「近水樓臺」，當然要多照顧一下這個美眉，下午人少的時候，我會泡一杯拿手的咖啡端去給她，她起初客氣不喝，後來混熟了還會自備甜點，常常我們兩個人就一人一只板凳一杯咖啡，坐在門口聽公園裡的蟬叫。

有一次剛好她的老闆，也就是那個女漢子來了，她手忙腳亂地收拾，好像犯了滔天大罪，其實她店裡也沒客人啊！女漢子過來瞪我一眼，我回瞪她，對方卻進到店裡去了，不久女漢子氣沖沖走了，留下屋裡低低的哭聲……

我心想這老闆也太苛待員工了，下午沒客人在門口喝個飲料很嚴重嗎？像我們店的美眉（沒那麼漂亮就是了），如果沒客人有時還跟我說到附近逛逛呢，我也OK啊。

晚上打烊時才知道眞相：女漢子來接長髮美眉，兩人一起關了店門，互相摟著腰一起走了，從頭到尾沒看站在門口的我一眼，我還看見她們邊走邊親嘴……

「你別肖想了！」我問一家飾品店的大姐，她用手ㄊㄨˋ我的額頭，「那個老闆是有名的殺手，專請漂亮的女生來顧店，然後就追……沒有一個不到手的！」

「那麼厲害？她就知道請的人一定是蕾絲邊？」

「唉呦，那可以教啊，」大姐一副我很沒見識的表情，「聽說她非常了解女人，可以讓女人非常的……你知道嘛！所以只要跟她在一起，不是同性戀也變同性戀了。」

「哇！那不成了我們男性的公敵！」我大呼小叫起來。

「你們哪是人家對手？你替那個美眉想想，既能讓她身體舒服，又能給她心裡依靠，又不像男人動不動劈腿傷人心，跟這樣男性化的女人在一起，有什麼不好？」

不過大姐還是說錯了一點，有一天我看隔壁長髮少女眼睛紅紅的，鼓起勇氣過去問什麼事，才知道原來她不知不覺成了小三——女漢子在公館夜市那邊也有一個女友。

我趕快安慰她別難過，等一下到店裡打一杯香蕉皮汁給她喝，她破涕為笑了，笑起來眞是動人，我心想她既然受了這個打擊，我的機會應該來了，可以把她「矯正」回來，「妳幾點下班，我請妳吃消夜？」

「王大哥謝謝妳，不過你不要白費心機了。」漂亮美眉直接「打槍」我，「女人能帶給女人的快樂，你們男人永遠不會了解的。」

我是不了解啊，所以？

「所以我以後再也不會跟男人交往了。」——哇咧！

苦苓說

世界日益複雜，愛情的型態也日益複雜，過去所謂「男歡女愛」的簡單二分法，早已不適用了。

我主持廣播節目時，曾有聽眾叩應：「異性戀是如此的美好，為什麼還有人要同性戀呢？」

我還來不及附和，就立刻有人叩應：「你同性戀過嗎？沒有吧？我才想問：『同性戀是如此美好，為什麼還有人要異性戀呢？』」

這個問題答得真好，如果從男人、女人都比較了解自己本身來說，男人應該比較懂得取悅男人，女人也應該比較知道女人怎樣得到歡愉吧？因此「機會性」的同性相戀因而產生，也因而使某些人「棄異投同」（棄暗投明？），這是在這個百無禁忌的社會中，越來越可能發生的事。

那如果有人能夠開放自我、兩樣都來，豈不更是如魚得水？

6 約炮疑雲

「你叫簡正雄？」

「是。」

「今年幾歲？」

「十六……快滿十六歲了。」

「你和犯嫌張某是怎麼認識的？」

「在臉書上……交往，後來見面。」
「你在臉書上爲什麼要冒充女生，叫作妮可？」
「拜託，不然十幾歲的男生誰鳥你啊！反正網路上眞眞假假，角色扮演嘛！」
「所以你去跟張某見面的時候，打扮成女生也是在角色扮演？」
「對啊！我在Cosplay[12]裡也常扮女生，大家都說我比眞的女生還嬌媚呢！」
「你和張某見面那天，是怎麼打扮的？」
「我穿一件寬鬆的露肩洋裝、內搭褲、化了濃妝，再戴上假髮，他根本認不出來我是男的，還一直稱讚我是正妹呢！」
「他用什麼理由找你出來？」
「他說要包養我，約我出來看房子，要租給我住。」
「有看到嗎？……我是說房子。」
「當然嘛沒有，他的目的是要帶我去MOTEL，我們就買了一些酒菜，去裡面吃吃喝喝……」

12：次文化活動，扮演動畫、漫畫、遊戲等作品中的角色。

「就這樣？然後呢？」

「然後他不知道在酒裡摻了什麼藥，我沒喝多少就變得迷迷糊糊的，他就壓著我的頭，強迫我幫他口交……」

「你確定不是你自己願意的？」

「其實……我也幫別人做過，他如果不強迫我，我也可能會幫他做的，沒想到他會用下藥這種賤招。」

「後來呢？」

「後來我就半暈倒在床上，他脫了我的褲子想搞我，才發現我也是男的，就在那邊幹譙個不停，說他有夠衰小，又說我這樣玩他，他會找人整死我，很兇呢！」

「可是他說你是自願幫他口交的，還說你冒充女生騙他，他花了賓館錢、酒菜錢，要告你詐欺！」

「拜託哦，我詐他那一點錢？我想說他想搞美眉，我就扮成美眉跟他玩，他卻對我下藥，我才要告他性侵呢！而且我未滿十六歲耶，他死定了！」

「嗯！你雖然年輕，聽起來經驗很豐富嘛！」

「警察大人你不要這樣虧我，大家都是出來混的，最後終究要還的不是嗎？我才是正港受害人耶！」

「那……我就以妨害性自主送他法辦囉？」

「好啊好啊，我還要賠償金，等我跟朋友再商量一下。」

苦苓說

從交往到戀愛到結婚到上床的這條「規律」已經完完全全被打破了，甚至簡化成從交往到上床都不夠，現在只要大家「各自有意，工具齊全」就可以發生性行為了，「約炮」變成一件見怪不怪的事，不知道有沒有對色情業造成打擊呢？——據說北歐色情業不盛，就是因為約炮容易。

但就算如此草率，也別忘了「驗明正身」：第一至少要看身分證，不論男女，年齡不到你碰了都是有罪的。第二還得確定對方是你要找的性別，在這個性向多元的時代，最不能相信的就是你的眼睛，除非你已開放到來者不拒、男女通殺，否則還是小心一點的好！

在此容我杞人憂天的問一句：既然毫無感情也都能上床了，那麼哪天碰到真正喜歡的人，又該怎麼辦呢？

7 為什麼不行

「妳到底喜歡他哪一點？」我神情嚴肅的問道。

「年輕啊，充滿活力，你不知道，他隨時隨地可以……」

我舉手制止她，這個三十歲的女人稍具姿色，而且一臉滿不在乎的樣子，別說認罪，要她認錯都很難。「你們兩個，是誰先主動的？」

「當然是我啊，」她承認得倒挺大方，「小鮮肉耶，一定要先下手爲強。」

「那你們……互相是什麼關係？」

「男女朋友啊！他叫我寶貝，我叫他老公。」

「第一次是在哪裡……發生關係的？」

「在他家，他媽媽請我幫他補英文，我就下手了。」

「他有沒有拒絕妳的意思？或是妳誘惑他？」

「拜託哦法官大人，十八歲的男生精蟲衝腦，像我們這種熟女只要想要，哪有不到手的？」

「被告的辯護人，可以請你當事人的用詞文雅一點嗎？」

「唉呀法官大人你不要這樣，我也不需要什麼公設辯護人，我們就是兩相情願，沒什麼好丟人的！」

「那妳什麼時候略誘他離開家？」

「略誘？啥咪意思？哦就是誘拐哦，沒有啊！因為在他家做了兩次，爽是爽，但也提心吊膽，怕他媽媽忽然闖進來，我第三天就把他載回我家去住啦！」

「他都沒有反抗……或猶豫不決的意思嗎？」

「他？高興都來不及哩！在我那裡有吃有住，又有我照顧，而且又沒人唸他，他根本就樂不思什麼……思蜀好不好？」

「他家人知道他搬來跟妳同居嗎？有阻止嗎？」

「他媽有LINE他，他不回；後來打電話來，因爲他不想回去，就不講我們家在哪哩，但是我有要他跟家人保持聯絡，也要求他要回去探望父母，我可沒有破壞他們家庭哦！」

「他眞的有回去嗎？後來呢？」

「有回去一次，後來當然是又來我這裡了，我可沒有限制他的行動自由，一切都是他自願的。」

「可是他媽媽還是要告妳，妳怎麼說？」

「哎呀沒有意思啦，我和她兒子是情投意合，我也把他照顧得好好的，他比在家裡還幸福，有什麼不對？」

「可是他只有十三歲，不管他願不願意，妳犯的是和誘性交罪，我最少要判妳一年徒刑。」

「冤枉呀法官大人！他再幾天就滿十四歲了，而且我們是眞心相愛，沒有傷害到任何人，怎麼能說是犯罪呢？」

苦苓說

美國曾有小學女老師和學生發生關係，甚至懷孕生子，女老師被判坐牢（和我國的法律雷同）；出獄後仍跟未成年的學生在一起，又生了小孩，又被判坐牢；再出獄時學生已成年，兩個人就結了婚，從此過著幸福——這個部分不能確認啦！但也是一樁感人的愛情故事啊！

現在的小孩發育得早，有些國小女生打扮起來，竟也可以到酒店上班、去賓館賣淫，換句話說：很早就有性行為的能力了，從前民風不開，徒有能力也不足為憑；現在社會風氣開放，有能力又有意願，跟誰都可能發生關係！

而不管男大女小或女大男小，父母總擔心年紀小的會吃虧上當，法律好像也是這個傾向，但事實究竟如何呢？如果當事者「歡喜做，甘願擔」，就算法律約束得了人，也約束不了心。

所謂愛情，只不過是獨占與反叛／苦苓 著. -- 初版. – 臺北市：時報文化，2018.12；面；14.8 ╳ 21 公分. --（苦苓作品集：009）
ISBN 978-957-13-7617-2（平裝）

857.63 107019670

ISBN 978-957-13-7617-2
Printed in Taiwan.

苦苓作品集 009

所謂愛情，只不過是獨占與反叛

作者 苦苓｜主編 陳信宏 ｜ 編輯 尹蘊雯｜ 執行企畫 曾俊凱｜ 美術設計 FE設計｜ 編輯顧問 李采洪 ｜ 發行人 趙政岷 ｜ 出版者 時報文化出版企業股份有限公司 10803 台北市和平西路三段 240 號 3 樓 發行專線—(02)2306-6842 讀者服務專線—0800-231-705・(02)2304-7103 讀者服務傳真—(02)2304-6858 郵撥—19344724 時報文化出版公司 信箱—台北郵政79-99 信箱 時報悅讀網—www.readingtimes.com.tw 電子郵件信箱—newlife@readingtimes.com.tw 時報出版愛讀者—www.facebook.com/readingtimes.2 ｜ 法律顧問 理律法律事務所 陳長文律師、李念祖律師 ｜印刷 盈昌印刷有限公司 ｜ 初版一刷 2018 年 12 月21 日 ｜ 定價 新台幣 300 元 ｜（缺頁或破損的書，請寄回更換）

時報文化出版公司成立於 1975 年，1999 年股票上櫃公開發行，2008 年脫離中時集團非屬旺中，以「尊重智慧與創意的文化事業」為信念。